Johann Wolfgang Goethe, geboren am 28. August 1749 in Frankfurt am Main, ist am 22. März 1832 in Weimar gestorben.

Friedrich von Schiller, geboren am 10. November 1759 in Marbach am Neckar, ist am 9. Mai 1805 in Weimar gestorben.

1797 war für Schiller das »Balladenjahr«, dem das »Liederjahr« folgen sollte. Die Zusammenarbeit zwischen ihm und Goethe war intensiv, der Briefwechsel ausführlich. »Ein solches, auf wechselseitige Perfektibilität gebautes Verhältnis muß immer frisch und lebendig bleiben«, betonte er in einem Brief an Goethe vom Juli dieses Jahres.

Die Lebendigkeit und angestrebte »Mannigfaltigkeit« dieser Beziehung spiegelt sich auch in der von Schiller herausgegebenen Ausgabe des »Musenalmanach für das Jahr 1798« wider, in dem eine größere Zahl von Balladen beider Dichter abgedruckt wurde, unter anderem Goethes »Zauberlehrling« und Schillers »Kraniche des Ibikus«.

In der vorliegenden Ausgabe wird der Gedanke dieses Musenalmanach aufgegriffen und fortgeführt. Sie enthält sämtliche Balladen von Goethe und Schiller in zeitlicher Folge.

insel taschenbuch 1275

Johann Wolfgang Goethe

Friedrich Schiller

Sämtliche Balladen und Romanzen

Johann Wolfgang Goethe
Friedrich Schiller
Sämtliche Balladen und Romanzen

in zeitlicher Folge

Herausgegeben von Karl Eibl

Insel Verlag

insel taschenbuch 1275
Erste Auflage 1992
Originalausgabe

Hinweise zu dieser Ausgabe am Schluß des Bandes
Vertrieb durch den Suhrkamp Taschenbuch Verlag
Umschlag nach Entwürfen von Willy Fleckhaus
Satz: Satz-Offizin Hümmer, Waldbüttelbrunn
Druck: Nomos Verlagsgesellschaft, Baden-Baden
Printed in Germany

1 2 3 4 5 6 – 97 96 95 94 93 92

1767-1795

GOETHE

PYGMALION

Eine Romanze

Es war einmal ein Hagenstolz,
Der hieß Pygmalion;
Er machte manches Bild von Holz
Von Marmor und von Ton.

Und dieses war sein Zeitvertreib,
Und alle seine Lust.
Kein junges schönes sanftes Weib
Erwärmte seine Brust.

Denn er war klug und furchte sehr
Der Hörner schwer Gewicht;
Denn schon seit vielen Jahren her
Traut man den Weibern nicht.

Doch es sei einer noch so wild,
Gern wird er Mädgen sehn.
Drum macht' er sich gar manches Bild
Von Mädgen jung und schön.

Einst hatt' er sich ein Bild gemacht,
Es staunte, wer es sah;
Es stand in aller Schönheit Pracht
Ein junges Mädgen da.

Sie schien belebt, und weich, und warm,
War nur von kalten Stein;
Die hohe Brust, der weiße Arm
Lud zur Umarmung ein.

Das Auge war empor gewandt,
Halb auf zum Kuß der Mund.
Er sah das Werk von seiner Hand,
Und Amor schoß ihn wund.

Er war von Liebe ganz erfüllt,
Und was die Liebe tut.
Er geht, umarmt das kalte Bild,
Umarmet es mit Glut.

Da trat ein guter Freund herein,
Und sah dem Narren zu,
Sprach: Du umarmest harten Stein,
O welch ein Tor bist du!

Ich kauft' ein schönes Mädgen mir,
Willst du, ich geb' dir sie?
Und sie gefällt gewißlich dir
Weit besser, als wie die.

Sag' ob du es zufrieden bist –
Er sah es nun wohl ein,
Ein Mädgen, das lebendig ist,
Sei besser als von Stein.

Er spricht zu seinem Freunde, ja.
Der geht und holt sie her.
Er glühte schon eh er sie sah,
Jetzt glüht er zweimal mehr.

Er atmet tief, sein Herze schlug,
Er eilt, und ohne Trau
Nimmt er – Man ist nicht immer klug,
Nimmt er sie sich zur Frau.

Flieht Freunde ja die Liebe nicht,
Denn niemand flieht ihr Reich:
Und wenn euch Amor einmal kriegt,
Dann ist es aus mit euch.

Wer wild ist, alle Mädgen flieht,
Sich unempfindlich glaubt,
Dem ist, wenn er ein Mädgen sieht,
Das Herze gleich geraubt.

Drum seht oft Mädgen, küsset sie,
Und liebt sie auch wohl gar,
Gewöhnt euch dran, und werdet nie
Ein Tor, wie jener war.

Nun, liebe Freunde, merkt euch dies,
Und folget mir genau;
Sonst straft euch Amor ganz gewiß,
Und gibt euch eine Frau.
1767

GOETHE

HEIDENRÖSLEIN

Sah ein Knab' ein Röslein stehn,
Röslein auf der Heiden,
War so jung und morgenschön,
Lief er schnell es nah zu sehn,
Sah's mit vielen Freuden.
Röslein, Röslein, Röslein rot,
Röslein auf der Heiden.

Knabe sprach: ich breche dich,
Röslein auf der Heiden!

Röslein sprach: ich steche dich,
Daß du ewig denkst an mich,
Und ich will's nicht leiden.
Röslein, Röslein, Röslein rot,
Röslein auf der Heiden.

Und der wilde Knabe brach
's Röslein auf der Heiden;
Röslein wehrte sich und stach,
Half ihr doch kein Weh und Ach,
Mußt es eben leiden.
Röslein, Röslein, Röslein rot,
Röslein auf der Heiden.
Anfang 70er Jahre

GOETHE

DAS VEILCHEN

Ein Veilchen auf der Wiese stand,
Gebückt in sich und unbekannt;
Es war ein herzig's Veilchen.
Da kam eine junge Schäferin,
Mit leichtem Schritt und munterm Sinn,
Daher, daher,
Die Wiese her, und sang.

Ach! denkt das Veilchen; wär' ich nur
Die schönste Blume der Natur,
Ach nur ein kleines Weilchen,
Bis mich das Liebchen abgepflückt,
Und an dem Busen matt gedrückt!
Ach nur, ach nur,
Ein Viertelstündchen lang!

Ach! aber ach! das Mädchen kam
Und nicht in Acht das Veilchen nahm,
Ertrat das arme Veilchen.
Es sang und starb und freut sich noch:
Und sterb' ich denn, so sterb' ich doch
Durch sie, durch sie,
Zu ihren Füßen doch.

1775

GOETHE

VOR GERICHT

Von wem ich's habe das sag ich euch nicht
Das Kind in meinem Leib,
Pfui speit ihr aus die Hure da!
Bin doch ein ehrlich Weib.

Mit wem ich mich traute das sag ich euch nicht
Mein Schatz ist lieb und gut
Trägt er eine goldne Kett am Hals
Trägt er einen strohernen Hut.

Soll Spott und Hohn getragen sein
Trag ich allein den Hohn,
Ich kenn' ihn wohl, er kennt mich wohl
Und Gott weiß auch davon.

Herr Pfarrer und Herr Amtmann ihr
Ich bitt laßt mich in Ruh,
Es ist mein Kind und bleibt mein Kind,
Ihr gebt mir ja nichts dazu.

um 1775

GOETHE

DER KÖNIG IN THULE

Es war ein König in Thule
Gar treu bis an das Grab,
Dem sterbend seine Buhle
Einen goldnen Becher gab.

Es ging ihm nichts darüber,
Er leert ihn jeden Schmaus;
Die Augen gingen ihm über,
So oft er trank daraus.

Und als er kam zu sterben,
Zählt' er seine Städt' im Reich,
Gönnt' alles seinen Erben,
Den Becher nicht zugleich.

Er saß beim Königsmahle,
Die Ritter um ihn her,
Auf hohem Vätersaale,
Dort auf dem Schloß am Meer.

Dort stand der alte Zecher,
Trank letzte Lebensglut,
Und warf den heil'gen Becher
Hinunter in die Flut.

Er sah ihn stürzen, trinken
Und sinken tief ins Meer.
Die Augen täten ihm sinken,
Trank nie einen Tropfen mehr.
Mitte 70er Jahre

GOETHE

DER UNTREUE KNABE

Es war ein Knabe frech genung,
War erst aus Frankreich kommen,
Der hat' ein armes Maidel jung
Gar oft in Arm genommen,
Und liebgekos't und liebgeherzt,
Als Bräutigam herum gescherzt,
Und endlich sie verlassen.

Das braune Mädel das erfuhr,
Vergingen ihr die Sinnen,
Sie lacht und weint und bet't und schwur:
So fuhr die Seel' von hinnen.
Die Stund, da sie verschieden war,
Wird bang dem Buben, graus't sein Haar,
Es treibt ihn fort zu Pferde.

Er gab die Sporen kreuz und quer,
Und ritt auf alle Seiten,
Herüber, hinüber, hin und her.
Kann keine Ruh erreiten.
Reit't sieben Tag' und sieben Nacht;
Es blitzt und donnert, stürmt und kracht,
Die Fluten reißen über.

Und reit't in Blitz und Wetterschein
Gemäuerwerk entgegen,
Bind't's Pferd haus an, und kriecht hinein,
Und duckt sich vor dem Regen.
Und wie er tappt, und wie er fühlt,
Sich unter ihm die Erd' erwühlt;
Er stürzt wohl hundert Klafter.

Und als er sich ermannt vom Schlag,
Sieht er drei Lichtlein schleichen.
Er rafft sich auf und krabbelt nach;
Die Lichtlein ferne weichen:
Irr' führen ihn, die Quer und Läng',
Trepp' auf, Trepp' ab, durch enge Gäng',
Verfallne, wüste Keller.

Auf einmal steht er hoch im Saal,
Sieht sitzen hundert Gäste,
Hohläugig grinsen allzumal
Und winken ihm zum Feste.
Er sieht sein Schätzel unten an,
Mit weißen Tüchern angetan,
Die wend't sich –

1776

GOETHE

DER FISCHER

Das Wasser rauscht', das Wasser schwoll,
Ein Fischer saß daran,
Sah nach dem Angel ruhevoll,
Kühl bis an's Herz hinan:
Und wie er sitzt und wie er lauscht,
Teilt sich die Flut empor,
Aus dem bewegten Wasser rauscht
Ein feuchtes Weib hervor.

Sie sang zu ihm, sie sprach zu ihm:
Was lockst du meine Brut
Mit Menschenwitz und Menschenlist
Hinauf in Todesglut?

Ach wüßtest du, wie's Fischlein ist
So wohlig auf dem Grund,
Du stiegst herunter wie du bist,
Und würdest erst gesund.

Labt sich die liebe Sonne nicht,
Der Mond sich nicht im Meer?
Kehrt wellenatmend ihr Gesicht
Nicht doppelt schöner her?
Lockt dich der tiefe Himmel nicht,
Das feucht verklärte Blau?
Lockt dich dein eigen Angesicht
Nicht her in ew'gen Tau?

Das Wasser rauscht', das Wasser schwoll,
Netzt' ihm den nackten Fuß,
Sein Herz wuchs ihm so sehnsuchtsvoll,
Wie bei der Liebsten Gruß.
Sie sprach zu ihm, sie sang zu ihm;
Da war's um ihn geschehn:
Halb zog sie ihn, halb sank er hin
Und ward nicht mehr gesehn.
1778?

SCHILLER

DIE RACHE DER MUSEN

eine Anekdote vom Helikon

Weinend kamen einst die Neune
Zu dem Liedergott.
»Hör Papachen, rief die kleine,
Wie man uns bedroht!

Junge Dintenlecker schwärmen
  Um den Helikon.
Raufen sich, handtieren, lermen
  Bis zu deinem Thron.

Galoppieren auf dem Springer,
  Reiten ihn zur Tränk,
Nennen sich gar hohe Sänger
  Barden ein'ge, denk!

Wollen uns – wie garstig! – nöten,
  Ei! die Grobian!
Was ich, ohne Schamerröten,
  Nicht erzählen kann;

Einer brüllt heraus vor allen,
  Schrei't: *Ich führ das Heer!*
Schlägt mit beiden Fäust und Ballen
  Um sich wie ein Bär.

Pfeift wohl gar – wie ungeschliffen!
  Andre Schläfer wach.
Zweimal hat er schon gepfiffen,
  Doch kommt keiner nach.

Droht, er komm noch öfter wieder;
  Da sei Zeus dafür!
Vater, liebst du Sang und Lieder,
  Weis' ihm doch die Tür!«

Vater Föbus hört mit Lachen
  Ihren Klagbericht;
»Wollens kurz mit ihnen machen,
  Kinder zittert nicht!

Eine muß ins höllsche Feuer,
  Geh Melpomene!
Leihe Kleider, Noten, Leyer
  Einer *Furie*.

Sie begegn' in dem Gewande
  Als wär sie verirrt
Einem dieser Jaunerbande
  Wenn es dunkel wird.

Mögen dann in finstern Küssen
  An dem artgen Kind
Ihre wilden Lüste büßen,
  Wie sie würdig sind.«

Red' und Tat! – Die Höllengöttin
  War schon aufgeschmückt,
Man erzählt, die Herren hätten
  Kaum den Raub erblickt,

Wären wie die Gey'r auf Tauben
  Losgestürzt auf sie –
Etwas will ich daran glauben,
  Alles glaub ich nie.

Waren hübsche Jungens drunter,
  Wie gerieten sie,
Dieses Brüder nimmt mich wunder,
  In die Kompagnie?

—

Die Göttin abortiert hernach:
Kam 'raus ein neuer – Almanach.
1782

GOETHE

ERLKÖNIG

Wer reitet so spät durch Nacht und Wind?
Es ist der Vater mit seinem Kind;
Er hat den Knaben wohl in dem Arm,
Er faßt ihn sicher, er hält ihn warm.

Mein Sohn, was birgst du so bang dein Gesicht?
Siehst, Vater, du den Erlkönig nicht?
Den Erlenkönig mit Kron' und Schweif? –
Mein Sohn, es ist ein Nebelstreif. –

»Du liebes Kind, komm, geh mit mir;
Gar schöne Spiele spiel' ich mit dir,
Manch bunte Blumen sind an dem Strand,
Meine Mutter hat manch gülden Gewand.« –

Mein Vater, mein Vater, und hörest du nicht,
Was Erlenkönig mir leise verspricht? –
Sei ruhig, bleibe ruhe, mein Kind;
In dürren Blättern säuselt der Wind. –

»Willst, feiner Knabe, du mit mir gehn?
Meine Töchter sollen dich warten schön:
Meine Töchter führen den nächtlichen Reihn,
Und wiegen und tanzen und singen dich ein.« –

Mein Vater, mein Vater, und siehst du nicht dort
Erlkönigs Töchter am düstern Ort? –
Mein Sohn, mein Sohn, ich seh' es genau;
Es scheinen die alten Weiden so grau. –

»Ich liebe dich, mich reizt deine schöne Gestalt;
Und bist du nicht willig, so brauch' ich Gewalt!« –
Mein Vater, mein Vater, jetzt faßt er mich an!
Erlkönig hat mir ein Leids getan! –

Dem Vater grauset's, er reitet geschwind,
Er hält in Armen das ächzende Kind,
Erreicht den Hof mit Mühe und Not;
In seinen Armen das Kind war tot.
1782

SCHILLER

WUNDERSELTSAME HISTORIA DES BERÜHMTEN FELDZUGES

als welchen Hugo Sanherib
König von Aßyrien
ins Land Juda unternehmen wollte
aber unverrichteter Ding wieder einstellen mußte
Aus einer alten Chronika gezogen
und in schnakische Reimlein bracht
von Simeon Krebsauge
Bakkalaur

In Juda – schreibt die Chronika –
War olim schon ein König,
Dem war von Dan bis Berseba
Bald alles untertänig.
Und war dabei ein wackrer Fürst
Desgleichen selten finden wirst.

Der war nun kürzlich, wie bekannt,
Vom Freien heimgekommen,
Und hatte vom Kaldäer Land

Ein Weibchen mitgenommen.
Im Herzen Himmel – und im Blick;
Ich küßte sie den Augenblick.

Die Trauung war schon angestellt,
Die Hochzeitkleider fertig,
Der Bräutigam, frisch wie ein Held,
Des Wonnetags gewärtig –
Als plötzlich – zitternd schreibts mein Kiel –
Ein Fieber diesen Herrn befiel.

Ein großer Herre, wie man weißt,
Ist nicht wie unser einer –
Wenn *unsre* Seele weiter reis't,
Drob kümmert sich wohl keiner –
Ein Schnuppen den ein Großer klagt,
Wird in der Welt herumgesagt.

Drum nimmt Frau Fama, nimmerfaul,
Das Hifthorn von dem Nacken,
(Man kennt ja schon ihr großes Maul,
Und ihre dicken Backen)
»Fürst Josaphat liegt todkrank da«
Posaunt sie durch ganz Asia.

Sogleich vernahm den Trauerton
Fürst Sanherib, sein Vetter, –
Zu Assur hat er seinen Thron
Und ehret fremde Götter.
Die Balle Lüge kommt so recht
Zu statten meinem Götzenknecht.

»Da fischt sich was – Hol mich der Dachs!« –
Und hui! spitzt er die Ohren.

»Stirbt Josaphat, so zieh ich stracks
   »Hinein zu Hebrons Toren.
»Er braucht Arznei – er treibts nicht lang!
»Und Juda ist ein fetter Fang.«

Gleich läuft die Ordre aus dem Schloß
   Durch Stadt und Wachparade,
Der Junggesellen faulen Troß
   Zu werben ohne Gnade.
Schon springen Bomben aus dem Guß,
Und freun sich auf den nächsten Schuß.

Die Wache vor dem Tor bekommt
   Gemessene Befehle,
Daß undurchsucht – unangebrummt
   Entwische keine Seele.
Brieftaschen und Patent heraus –
Sonst – Marsch ihr Herrn ins Narrenhaus!

»Woher mein Freund?« brüllt auf und ab
   Die Schildwach' an die Fremde.
»Wohin die Reis'? Wo steigt ihr ab?
   »Was führt ihr unterm Hemde?
»Torschreiber 'raus! – Der Herr bleibt stehn!
»Man wird ihn heißen weiter gehn«

Da war nun mancher *Passagier*
   Dem Korporal verdächtig,
Die Fragen gehn zur Folter schier,
   Gott aber ist allmächtig:
Man visitiert von Pak zu Pak,
Doch zeigt sich nichts – als Schnupftobak.

Indessen schickt der Werber Fleiß
  Rekrouten, Sand am Meere,
Sie stehen blau und rot und weiß
  Und ordnen sich in Heere.
Das Kriegsgeräte – glaubt mir keck
Fraß (*) zehen Sekel Silbers weg.

Fürst Sanherib erzählte schon
  Den Damen seine Siege,
Aufs Wohl des neuen Landes flohn
  Von Tisch zu Tisch die Krüge,
Schon moeubelt' man das neue Schloß –
Je glätter der Burgunder floß.

Wie prächtig König Sanherib
  Im reichen Galakleide
Herum den stolzen Schimmel trieb,
  Und durch Judäa reite;
Die Damen in Karossen nach,
Daß bald schon Rad und Deichsel brach.

Wie stolz von seinem Thron herab
  Er Judas Schriftgelehrten
Erlaubnis zu dem Handkuß gab,
  Und sie ihm Treue schwörten –
Und alles Volk im Staube tief
Hosjanna dem Gesalbten! rief.

Doch während daß der Vetter schon
  Nach Deiner Krone schielte,
Und auf dem *noch besetzten* Thron
  Schon Davids Harfe spielte,

* Nach unserm Geld 2000 Taler.

Lagst Du – o Fürst – beweint vom Land
Noch unversehrt – in Gottes Hand.

Gott stand auf Höhen Sinai's
   Und schaute nach der Erden,
Und sahe schon ein Paradies
   Durch Deinen Zepter werden.
Und sahe mit erhabner Ruh
Dem Unfug Deines Vetters zu.

Schnell schickt er einen Cherub fort,
   Und spricht mit sanftem Lächeln:
»Geh Raphaël – dem Fürsten dort
   »Erfrischung zuzufächeln.
»Er ist mein Sohn – mein treuer Knecht!
»Er lebe! – denn ich bin gerecht.

Dem Willen Gottes Untertan
   Steigt Raphaël herunter,
Nimmt eines Arztes Bildung an
   Und heilt Dich durch ein Wunder.
Dein Fürst ersteht – Jauchz Vaterland!
Gerettet durch des Himmels Hand.

Die Post schleicht nach Aßyrien
   Wo Sanherib regieret,
Und eben seine Königin
   Vom Schlitten heimgeführet. –
»Ihr Durchlaucht! Ein Kourier!« – Herein!
Es werden Trauerbriefe sein.

Schnell öffnet er den Brief, und liest,
   Liest – Ach! der Posten trübste –
»Daß Josaphat am Leben ist« –

Und flucht an seine Liebste:
»Der Krieg ist aus! – Pest über Dich!
»Zweitausend Taler schmerzen mich!!
1782

GOETHE
MIGNON

Kennst du das Land? wo die Citronen blühn,
Im dunkeln Laub die Gold-Orangen glühn,
Ein sanfter Wind vom blauen Himmel weht,
Die Myrte still und hoch der Lorbeer steht,
Kennst du es wohl?
Dahin! Dahin
Möcht' ich mit dir, o mein Geliebter, ziehn.

Kennst du das Haus? Auf Säulen ruht sein Dach,
Es glänzt der Saal, es schimmert das Gemach,
Und Marmorbilder stehn und sehn mich an:
Was hat man dir, du armes Kind, getan?
Kennst du es wohl?
Dahin! Dahin
Möcht' ich mit dir, o mein Beschützer, ziehn.

Kennst du den Berg, und seinen Wolkensteg?
Das Maultier sucht im Nebel seinen Weg;
In Höhlen wohnt der Drachen alte Brut;
Es stürzt der Fels und über ihn die Flut.
Kennst du ihn wohl?
Dahin! Dahin
Geht unser Weg! o Vater, laß uns ziehn.
1783

GOETHE

DER SÄNGER

Was hör' ich draußen vor dem Tor,
Was auf der Brücke schallen?
Laß den Gesang vor unserm Ohr
Im Saale widerhallen!
Der König sprachs, der Page lief;
Der Page kam, der König rief:
Laßt mir herein den Alten!

Gegrüßet seid mir, edle Herrn,
Gegrüßt ihr, schöne Damen!
Welch reicher Himmel! Stern bei Stern!
Wer kennet ihre Namen?
Im Saal voll Pracht und Herrlichkeit
Schließt, Augen, euch; hier ist nicht Zeit,
Sich staunend zu ergetzen.

Der Sänger drückt' die Augen ein,
Und schlug in vollen Tönen;
Die Ritter schauten mutig drein,
Und in den Schoß die Schönen.
Der König, dem es wohlgefiel,
Ließ, ihn zu ehren für sein Spiel,
Eine goldne Kette holen.

Die goldne Kette gib mir nicht!
Die Kette gib den Rittern,
Vor deren kühnem Angesicht
Der Feinde Lanzen splittern;
Gib sie dem Kanzler, den du hast,
Und laß ihn noch die goldne Last
Zu andern Lasten tragen.

Ich singe, wie der Vogel singt,
Der in den Zweigen wohnet;
Das Lied, das aus der Kehle dringt,
Ist Lohn, der reichlich lohnet.
Doch darf ich bitten, bitt' ich eins:
Laß mir den besten Becher Weins
In purem Golde reichen.

Er setzt' ihn an, er trank ihn aus:
O, Trank voll süßer Labe!
O, wohl dem hochbeglückten Haus,
Wo das ist kleine Gabe!
Ergeht's euch wohl, so denkt an mich,
Und danket Gott so warm, als ich
Für diesen Trunk euch danke.

1783

GOETHE

DIE SPINNERIN

Als ich still und ruhig spann,
Ohne nur zu stocken,
Trat ein schöner junger Mann
Nahe mir zum Rocken.

Lobte, was zu loben war:
Sollte das was schaden?
Mein dem Flachse gleiches Haar,
Und den gleichen Faden.

Ruhig war er nicht dabei,
Ließ es nicht beim Alten;
Und der Faden riß entzwei,
Den ich lang' erhalten.

Und des Flachses Stein-Gewicht
Gab noch viele Zahlen;
Aber, ach! ich konnte nicht
Mehr mit ihnen prahlen.

Als ich sie zum Weber trug,
Fühlt' ich was sich regen,
Und mein armes Herze schlug
Mit geschwindern Schlägen.

Nun, beim heißen Sonnenstich,
Bring' ich's auf die Bleiche,
Und mit Mühe bück' ich mich
Nach dem nächsten Teiche.

Was ich in dem Kämmerlein
Fein und still gesponnen,
Kommt – wie kann es anders sein?
Endlich an die Sonnen.

1795

AUS SCHILLERS MUSENALMANACHEN FÜR 1798 UND 1799

(Erschienen 1797 und 1798)

GOETHE

DER ZAUBERLEHRLING

Romanze

Hat der alte Hexenmeister
Sich doch einmal wegbegeben!
Und nun sollen seine Geister
Auch nach meinem Willen leben.
Seine Wort' und Werke
Merkt' ich, und den Brauch,
Und mit Geistesstärke
Tu' ich Wunder auch.

Walle, walle,
Manche Strecke!
Daß, zum Zwecke,
Wasser fließe,
Und mit reichem, vollem Schwalle
Zu dem Bade sich ergieße.

Und nun komm du alter Besen,
Nimm die schlechten Lumpenhüllen!
Bist schon lange Knecht gewesen;
Nun erfülle meinen Willen.
Auf zwei Beinen stehe,
Oben sei ein Kopf.
Eile nun, und gehe
Mit dem Wassertopf!

Walle, walle,
Manche Strecke!
Daß, zum Zwecke,
Wasser fließe,

Und, mit reichem, vollem Schwalle
Zu dem Bade sich ergieße.

Seht, er läuft zum Ufer nieder;
Wahrlich! ist schon an dem Flusse,
Und mit Blitzesschnelle wieder
Ist er hier mit raschem Gusse.
Schon zum zweitenmale!
Wie das Becken schwillt!
Wie sich jede Schale
Voll mit Wasser füllt!

Stehe, stehe!
Denn wir haben
Deiner Gaben
Vollgemessen! –
Ach, ich merk' es! Wehe! wehe!
Hab' ich doch das Wort vergessen!

Ach! das Wort, worauf am Ende
Er das wird, was er gewesen.
Ach! er läuft und bringt behende.
Wärst du doch der alte Besen!
Immer neue Güsse
Bringt er schnell herein,
Ach! und hundert Flüsse
Stürzen auf mich ein.

Nein, nicht länger
Kann ich's lassen;
Will ihn fassen.
Das ist Tücke!
Ach! nun wird mir immer bänger!
Welche Miene! welche Blicke!

O, du Ausgeburt der Hölle!
Soll das ganze Haus ersaufen?
Seh' ich über jede Schwelle
Doch schon Wasserströme laufen.
Ein verruchter Besen,
Der nicht hören will!
Stock, der du gewesen,
Steh doch wieder still!

Willst's am Ende
Gar nicht lassen?
Will dich fassen,
Will dich halten,
Und das alte Holz behende
Mit dem scharfen Beile spalten.

Seht, da kommt er schleppend wieder!
Wie ich mich nur auf dich werfe,
Gleich, o Kobold, liegst du nieder;
Krachend trifft die glatte Schärfe.
Wahrlich! brav getroffen!
Seht, er ist entzwei!
Und nun kann ich hoffen,
Und ich atme frei!

Wehe! wehe!
Beide Teile
Stehn in Eile
Schon als Knechte
Völlig fertig in die Höhe!
Helft mir, ach! ihr hohen Mächte!

Und sie laufen! Naß und nässer
Wird's im Saal und auf den Stufen.

Welch' entsetzliches Gewässer!
Herr und Meister, hör' mich rufen! –
Ach, da kommt der Meister!
Herr, die Not ist groß!
Die ich rief, die Geister,
Werd' ich nun nicht los.

»In die Ecke
Besen! Besen!
Seid's gewesen.
Denn als Geister
Ruft euch nur, zu seinem Zwecke,
Erst hervor der alte Meister.«

GOETHE

DIE BRAUT VON CORINTH

Nach Corinthus von Athen gezogen
Kam ein Jüngling, dort noch unbekannt.
Einen Bürger hofft' er sich gewogen;
Beide Väter waren gastverwandt,
Hatten frühe schon
Töchterchen und Sohn
Braut und Bräutigam, im Ernst, genannt.

Aber wird er auch willkommen scheinen,
Wenn er teuer nicht die Gunst erkauft?
Er ist noch ein Heide mit den Seinen,
Und sie sind schon Christen und getauft.
Keimt ein Glaube neu,
Wird oft Lieb' und Treu
Wie ein böses Unkraut ausgerauft.

Und schon lag das ganze Haus im Stillen,
Vater, Töchter; nur die Mutter wacht:
Sie empfängt den Gast mit bestem Willen;
Gleich ins Prunkgemach wird er gebracht.
Wein und Essen prangt,
Eh' er es verlangt:
So versorgend wünscht sie gute Nacht.

Aber bei dem wohlbestellten Essen
Wird die Lust der Speise nicht erregt;
Müdigkeit läßt Speis' und Trank vergessen,
Daß er angekleidet sich auf's Bette legt,
Und er schlummert fast,
Als ein seltner Gast
Sich zur offnen Tür herein bewegt.

Denn er sieht, bei seiner Lampe Schimmer
Tritt, mit weißem Schleier und Gewand,
Sittsam still ein Mädchen in das Zimmer,
Um die Stirn ein schwarz und goldnes Band.
Wie sie ihn erblickt,
Hebt sie, die erschrickt,
Mit Erstaunen eine weiße Hand.

Bin ich, rief sie aus, so fremd im Hause,
Daß ich von dem Gaste nicht vernahm?
Ach, so hält man mich in meiner Klause!
Und nun überfällt mich hier die Scham.
Ruhe nur so fort
Auf dem Lager dort,
Und ich gehe schnell, so wie ich kam.

Bleibe, schönes Mädchen! ruft der Knabe,
Rafft von seinem Lager sich geschwind:

Hier ist Ceres', hier ist Bacchus' Gabe,
Und du bringst den Amor, liebes Kind!
Bist für Schrecken blaß!
Liebe komm und lass',
Lass' uns sehn, wie froh die Götter sind.

Ferne bleib', o Jüngling! bleibe stehen;
Ich gehöre nicht den Freuden an.
Schon der letzte Schritt ist, ach! geschehen,
Durch der guten Mutter kranken Wahn,
Die genesend schwur:
Jugend und Natur
Sei dem Himmel künftig untertan.

Und der alten Götter bunt Gewimmel
Hat sogleich das stille Haus geleert.
Unsichtbar wird Einer nur im Himmel,
Und ein Heiland wird am Kreuz verehrt;
Opfer fallen hier,
Weder Lamm noch Stier,
Aber Menschenopfer unerhört.

Und er fragt und wäget alle Worte,
Deren keines seinem Geist entgeht.
Ist es möglich, daß am stillen Orte
Die geliebte Braut hier vor mir steht?
Sei die meine nur!
Unsrer Väter Schwur
Hat vom Himmel Segen uns erfleht.

Mich erhältst du nicht, du gute Seele;
Meiner zweiten Schwester gönnt man dich,
Wenn ich mich in stiller Klause quäle.
Ach! in ihren Armen denk' an mich,

Die an dich nur denkt,
Die sich liebend kränkt;
In die Erde bald verbirgt sie sich.

Nein! bei dieser Flamme sei's geschworen,
Gütig zeigt sie Hymen uns voraus,
Bist der Freude nicht und mir verloren,
Kommst mit mir in meines Vaters Haus.
Liebchen, bleibe hier!
Feire gleich mit mir
Unerwartet unsern Hochzeitschmaus.

Und schon wechseln sie der Treue Zeichen:
Golden reicht sie ihm die Kette dar,
Und er will ihr eine Schale reichen,
Silbern, künstlich, wie nicht eine war.
Die ist nicht für mich;
Doch, ich bitte dich,
Eine Locke gib von deinem Haar.

Eben schlug die dumpfe Geisterstunde,
Und nun schien es ihr erst wohl zu sein.
Gierig schlürfte sie, mit blassem Munde,
Nun den dunkel blutgefärbten Wein;
Doch vom Weizenbrot,
Was er freundlich bot,
Nahm sie nicht den kleinsten Bissen ein.

Und dem Jüngling reichte sie die Schale,
Der, wie sie, nun hastig lüstern trank.
Liebe fordert er beim stillen Mahle;
Ach! sein armes Herz war liebekrank.
Doch sie widersteht,

Wie er immer fleht,
Bis er weinend auf das Bette sank.

Und sie kommt und wirft sich zu ihm nieder:
Ach! wie ungern seh' ich dich gequält!
Aber, ach! berührst du meine Glieder,
Fühlst du schaudernd, was ich dir verhehlt.
Wie der Schnee so weiß,
Aber kalt wie Eis,
Ist das Liebchen, das du dir erwählt.

Heftig faßt er sie, mit starken Armen,
Von der Liebe Jugendkraft durchmannt:
Hoffe doch bei mir noch zu erwarmen,
Wär'st du selbst mir aus dem Grab gesandt!
Wechselhauch und Kuß!
Liebesüberfluß!
Brennst du nicht und fühlest mich entbrannt?

Liebe schließet fester sie zusammen,
Tränen mischen sich in ihre Lust;
Gierig saugt sie seines Mundes Flammen,
Eins ist nur im andern sich bewußt.
Seine Liebeswut
Wärmt ihr starres Blut;
Doch es schlägt kein Herz in ihrer Brust.

Unterdessen schleichet auf dem Gange,
Häuslich, spät die Mutter noch vorbei.
Horchet an der Tür, und horchet lange,
Welch ein sonderbarer Ton es sei.
Klag- und Wonnelaut
Bräutigams und Braut,
Und des Liebestammelns Raserei.

Unbeweglich bleibt sie an der Türe,
Weil sie erst sich überzeugen muß,
Und sie hört die höchsten Liebesschwüre,
Lieb' und Schmeichelworte, mit Verdruß –
Still! der Hahn erwacht! –
Aber morgen Nacht
Bist du wieder da? – und Kuß auf Kuß.

Länger hält die Mutter nicht das Zürnen,
Öffnet das bekannte Schloß geschwind –
Gibt es hier im Hause solche Dirnen,
Die dem Fremden gleich zu Willen sind?
So zur Tür hinein.
Bei der Lampe Schein
Sieht sie – Gott! sie sieht ihr eigen Kind.

Und der Jüngling will im ersten Schrecken
Mit des Mädchens eignem Schleierflor,
Mit dem Teppich die Geliebte decken;
Doch sie windet gleich sich selbst hervor.
Wie mit Geist's Gewalt,
Hebet die Gestalt
Lang und langsam sich im Bett' empor.

Mutter! Mutter! spricht sie hohle Worte:
So mißgönnt Ihr mir die schöne Nacht!
Ihr vertreibt mich von dem warmen Orte.
Bin ich zur Verzweiflung nur erwacht?
Ist's Euch nicht genug,
Daß in's Leichentuch,
Daß Ihr früh mich in das Grab gebracht?

Aber aus der schwerbedeckten Enge
Treibet mich ein eigenes Gericht.

Eurer Priester summende Gesänge
Und ihr Segen haben kein Gewicht;
Salz und Wasser kühlt
Nicht, wo Jugend fühlt.
Ach! die Erde kühlt die Liebe nicht.

Dieser Jüngling war mir erst versprochen,
Als noch Venus heitrer Tempel stand.
Mutter, habt Ihr doch das Wort gebrochen,
Weil ein fremd, ein falsch Gelübd Euch band!
Doch kein Gott erhört,
Wenn die Mutter schwört,
Zu versagen ihrer Tochter Hand.

Aus dem Grabe werd' ich ausgetrieben,
Noch zu suchen das vermißte Gut,
Noch den schon verlornen Mann zu lieben,
Und zu saugen seines Herzens Blut.
Ist's um den geschehn.
Muß nach andern gehn,
Und das junge Volk erliegt der Wut!

Schöner Jüngling! kannst nicht länger leben;
Du versiechest nun an diesem Ort.
Meine Kette hab' ich dir gegeben,
Deine Locke nehm' ich mit mir fort.
Sieh' sie an genau!
Morgen bist du grau,
Und nur braun erscheinst du wieder dort.

Höre, Mutter, nun die letzte Bitte:
Einen Scheiterhaufen schichte du;
Öffne meine bange kleine Hütte,
Bring' in Flammen Liebende zur Ruh.

Wenn der Funke sprüht,
Wenn die Asche glüht,
Eilen wir den alten Göttern zu.

GOETHE
DER SCHATZGRÄBER

Arm an Beutel, krank am Herzen,
Schleppt' ich meine langen Tage.
Armut ist die größte Plage,
Reichtum ist das höchste Gut!
Und zu enden meine Schmerzen,
Ging ich einen Schatz zu graben.
Meine Seele sollst du haben!
Schrieb ich hin mit eignem Blut.

Und so zog ich Kreis' um Kreise,
Stellte wunderbare Flammen,
Kraut und Knochenwerk zusammen:
Die Beschwörung war vollbracht.
Und auf die gelernte Weise
Grub ich nach dem alten Schatze,
Auf dem angezeigten Platze.
Schwarz und stürmisch war die Nacht.

Und ich sah ein Licht von weitem;
Und es kam, gleich einem Sterne,
Hinten aus der fernsten Ferne,
Eben als es zwölfe schlug.
Und da galt kein Vorbereiten.
Heller ward's mit einemmale
Von dem Glanz der vollen Schale,
Die ein schöner Knabe trug.

Holde Augen sah ich blinken
Unter einem Blumenkranze;
In des Trankes Himmelglanze
Trat er in den Kreis herein.
Und er hieß mich freundlich trinken;
Und ich dacht': es kann der Knabe,
Mit der schönen lichten Gabe,
Wahrlich! nicht der Böse sein.

Trinke Mut des reinen Lebens!
Dann verstehst du die Belehrung,
Kommst, mit ängstlicher Beschwörung,
Nicht zurück an diesen Ort.
Grabe hier nicht mehr vergebens.
Tages Arbeit! Abends Gäste!
Saure Wochen! Frohe Feste!
Sei dein künftig Zauberwort.

GOETHE

DER GOTT UND DIE BAJADERE

Indische Legende

Mahadöh, der Herr der Erde,
Kommt herab zum sechstenmal,
Daß er unsers gleichen werde,
Mit zu fühlen Freud' und Qual.
Er bequemt sich hier zu wohnen,
Läßt sich alles selbst geschehn.
Soll er strafen oder schonen,
Muß er Menschen menschlich sehn.
Und er hat die Stadt sich als Wandrer betrachtet,
Die Großen belauert, auf Kleine geachtet,
Verläßt er sie Abends, um weiter zu gehn.

Als er nun hinausgegangen,
Wo die letzten Häuser sind,
Sieht er, mit gemalten Wangen,
Ein verlornes schönes Kind.
Grüß dich Jungfrau! – Dank der Ehre!
Wart', ich komme gleich hinaus –
Und wer bist du? – Bajadere,
Und dies ist der Liebe Haus.
Sie rührt sich, die Zimbeln zum Tanze zu schlagen;
Sie weiß sich so lieblich im Kreise zu tragen,
Sie neigt sich und biegt sich, und reicht ihm den Strauß.

Schmeichelnd zieht sie ihn zur Schwelle,
Lebhaft ihn ins Haus hinein.
Schöner Fremdling, lampenhelle
Soll sogleich die Hütte sein.
Bist du müd', ich will dich laben,
Lindern deiner Füße Schmerz.
Was du willst, das sollst du haben,
Ruhe, Freuden oder Scherz.
Sie lindert geschäftig geheuchelte Leiden.
Der Göttliche lächelt; er siehet mit Freuden,
Durch tiefes Verderben, ein menschliches Herz.

Und er fordert Sklavendienste;
Immer heitrer wird sie nur,
Und des Mädchens frühe Künste
Werden nach und nach Natur.
Und so stellet nach der Blüte
Bald und bald die Frucht sich ein;
Ist Gehorsam im Gemüte,
Wird nicht fern die Liebe sein.
Aber, sie schärfer und schärfer zu prüfen,
Wählet der Kenner der Höhen und Tiefen
Lust und Entsetzen und grimmige Pein.

Und er küßt die bunten Wangen,
Und sie fühlt der Liebe Qual,
Und das Mädchen steht gefangen,
Und sie weint zum erstenmal;
Sinkt zu seinen Füßen nieder,
Nicht um Wollust noch Gewinst,
Ach! und die gelenken Glieder,
Sie versagen allen Dienst.
Und so zu des Lagers vergnüglicher Feier
Bereiten den dunklen behaglichen Schleier
Die nächtlichen Stunden das schönste Gespinst.

Spat entschlummert, unter Scherzen,
Früh erwacht, nach kurzer Rast,
Findet sie, an ihrem Herzen,
Tot den vielgeliebten Gast.
Schreiend stürzt sie auf ihn nieder;
Aber nicht erweckt sie ihn,
Und man trägt die starren Glieder
Bald zur Flammengrube hin.
Sie höret die Priester, die Totengesänge,
Sie raset und rennet, und teilet die Menge.
Wer bist du? was drängst du zur Grube dich hin?

Bei der Bahre stürzt sie nieder,
Ihr Geschrei durchdringt die Luft:
Meinen Gatten will ich wieder!
Und ich such' ihn in der Gruft.
Soll zu Asche mir zerfallen
Dieser Glieder Götterpracht?
Mein! er war es, mein vor allen!
Ach, nur Eine süße Nacht!
Es singen die Priester: wir tragen die Alten,
Nach langem Ermatten und spätem Erkalten,
Wir tragen die Jugend, noch eh' sie's gedacht.

Höre deiner Priester Lehre:
Dieser war dein Gatte nicht.
Lebst du doch als Bajadere,
Und so hast du keine Pflicht.
Nur dem Körper folgt der Schatten
In das stille Totenreich;
Nur die Gattin folgt dem Gatten:
Das ist Pflicht und Ruhm zugleich.
Ertöne Trommete zu heiliger Klage!
O, nehmet, ihr Götter! die Zierde der Tage,
O, nehmet den Jüngling in Flammen zu euch.

So das Chor, das ohn' Erbarmen
Mehret ihres Herzens Not;
Und mit ausgestreckten Armen
Springt sie in den heißen Tod.
Doch der Götter-Jüngling hebet
Aus der Flamme sich empor,
Und in seinen Armen schwebet
Die Geliebte mit hervor.
Es freut sich die Gottheit der reuigen Sünder;
Unsterbliche heben verlorene Kinder
Mit feurigen Armen zum Himmel empor.

GOETHE

DER EDELKNABE UND DIE MÜLLERIN

Altenglisch

Edelknabe
Wohin? wohin?
Schöne Müllerin!
Wie heißt du?

Müllerin
Lise.

Edelknabe
Wohin denn? wohin,
Mit dem Rechen in der Hand?

Müllerin
Auf des Vaters Land,
auf des Vaters Wiese.

Edelknabe
Und gehst so allein?

Müllerin
Das Heu soll herein,
Das bedeutet der Rechen;
Und im Garten daran
Fangen die Birn zu reifen an
Die will ich brechen.

Edelknabe
Ist nicht eine stille Laube dabei?

Müllerin
Sogar ihrer zwei
An beiden Ecken.

Edelknabe
Ich komme dir nach,
Und am heißen Mittag,
Wollen wir uns drein verstecken.
Nicht wahr, im grünen vertraulichen Haus.

Müllerin

Das gäbe Geschichten.

Edelknabe

Ruhst du in meinen Armen aus?

Müllerin

Mit nichten!
Denn wer die artige Müllerin küßt,
Auf der Stelle verraten ist.
Euer schönes dunkles Kleid
Tät mir leid
So weiß zu färben.
Gleich und gleich! so allein ist's recht!
Darauf will ich leben und sterben.
Ich liebe mir den Müllerknecht;
An dem ist nichts zu verderben.

GOETHE

DER JUNGGESELL UND DER MÜHLBACH

Altdeusch

Gesell

Wo willst du klares Bächlein hin,
So munter?
Du eilst, mit frohem leichten Sinn
Hinunter.
Was suchst du eilig in dem Tal?
So höre doch, und sprich einmal!

Bach

Ich war ein Bächlein, Junggesell;
Sie haben

Mich so gefaßt, damit ich schnell,
Im Graben,
Zur Mühle dort hinunter soll,
Und immer bin ich rasch und voll.

Gesell

Du eilest, mit gelass'nem Mut
Zur Mühle,
Und weißt nicht, was ich junges Blut
Hier fühle.
Es blickt die schöne Müllerin
Wohl freundlich manchmal nach dir hin?

Bach

Sie öffnet früh, beim Morgenlicht,
Den Laden,
Und kommt ihr liebes Angesicht
Zu baden.
Ihr Busen ist so voll und weiß;
Es wird mir gleich zum Dampfen heiß.

Gesell

Kann sie im Wasser Liebesglut
Entzünden;
Wie soll man Ruh mit Fleisch und Blut
Wohl finden?
Wenn man sie Einmal nur gesehn,
Ach! immer muß man nach ihr gehn.

Bach

Dann stürz' ich auf die Räder mich
Mit Brausen,
Und alle Schaufeln drehen sich
Im Sausen.

Seitdem das schöne Mädchen schafft,
Hat auch das Wasser bess're Kraft.

Gesell

Du Armer, fühlst du nicht den Schmerz,
Wie andre?
Sie lacht dich an, und sagt in Scherz:
Nun wandre!
Sie hielte dich wohl selbst zurück
Mit einem süßen Liebesblick?

Bach

Mir wird so schwer, so schwer, vom Ort
Zu fließen:
Ich krümme mich nur sachte fort
Durch Wiesen;
Und käm' es erst auf mich nur an,
Der Weg wär' bald zurück getan.

Gesell

Geselle meiner Liebesqual,
Ich scheide;
Du murmelst mir vielleicht einmal
Zur Freude.
Geh, sag' ihr gleich, und sag' ihr oft,
Was still der Knabe wünscht und hofft.

GOETHE

DER MÜLLERIN VERRAT

Altfranzösisch

Woher der Freund so früh und schnelle,
Da kaum der Tag im Osten graut?
Hat er sich in der Waldkapelle,
So kalt und frisch es ist, erbaut?
Es starret ihm der Bach entgegen;
Mag er mit Willen barfuß gehn?
Was flucht er seinen Morgensegen
Durch die beschneiten, wilden Höhn?

Ach, wohl! er kommt vom warmen Bette,
Wo er sich andern Spaß versprach;
Und wenn er nicht den Mantel hätte,
Wie schrecklich wäre seine Schmach!
Es hat ihn jener Schalk betrogen,
Und ihm den Bündel abgepackt;
Der arme Freund ist ausgezogen,
Und fast, wie Adam, bloß und nackt.

Warum auch schlich er diese Wege
Nach einem frischen Äpfelpaar,
Das freilich schön im Mühlgehege,
So wie im Paradiese, war.
Er wird den Scherz nicht leicht erneuen;
Er druckte schnell sich aus dem Haus,
Und bricht auf einmal nun, im Freien,
In bittre, laute Klagen aus.

Ich las in ihren Feuerblicken
Nicht eine Silbe von Verrat;
Sie schien mit mir sich zu entzücken,

Und sann auf solche schwarze Tat!
Konnt' ich in ihren Armen träumen,
Wie meuchlerisch der Busen schlug?
Sie hieß den holden Amor säumen,
Und günstig war er uns genug.

Sich meiner Liebe zu erfreuen!
Der Nacht, die nie ein Ende nahm!
Und erst die Mutter anzuschreien,
Nun eben als der Morgen kam!
Da drang ein Dutzend Anverwandten
Herein, ein wahrer Menschenstrom;
Da kamen Vettern, kuckten Tanten,
Es kam ein Bruder und ein Ohm.

Da war ein Toben, war ein Wüten!
Ein jeder schien ein andres Tier.
Sie forderten des Mädchens Blüten
Mit schrecklichem Geschrei von mir. –
Was dringt ihr alle, wie von Sinnen,
Auf den unschuld'gen Jüngling ein?
Denn solche Schätze zu gewinnen,
Da muß man viel behender sein.

Weiß Amor seinem schönen Spiele
Doch immer zeitig nachzugehn;
Er läßt fürwahr nicht in der Mühle
Die Blumen sechzehn Jahre stehn. –
Sie raubten nun das Kleiderbündel,
Und wollten auch den Mantel noch.
Wie nur so viel verflucht Gesindel
Im engen Hause sich verkroch!

Nun sprang ich auf, und tobt' und fluchte,
Gewiß, durch alle durchzugehn.
Ich sah noch einmal die Verruchte,
Und ach! sie war noch immer schön.
Sie alle wichen meinem Grimme;
Da flog noch manches wilde Wort,
Da macht' ich mich, mit Donnerstimme,
Noch endlich aus der Höhle fort.

Man soll euch Mädchen auf dem Lande,
Wie Mädchen aus den Städten, fliehn.
So lasset doch den Frau'n von Stande
Die Lust, die Diener auszuziehn!
Doch seid ihr auch von den Geübten,
Und kennt ihr keine zarte Pflicht,
So ändert immer die Geliebten;
Doch sie verraten müßt ihr nicht.

So singt er in der Winterstunde,
Wo nicht ein armes Hälmchen grünt.
Ich lache seiner tiefen Wunde;
Denn wirklich ist sie wohlverdient.
So geh' es jedem, der am Tage
Sein edles Liebchen frech betrügt,
Und Nachts mit allzukühner Wage,
Zu Amors falscher Mühle kriecht.

GOETHE

DER MÜLLERIN REUE

Altspanisch

Jüngling

Nur fort, du braune Hexe, fort
Aus meinem gereinigten Hause,
Daß ich dich, nach dem ernsten Wort,
Nicht zause!
Was singst du hier für Heuchelei,
Von Lieb' und stiller Mädchentreu?
Wer mag das Märchen hören!

Zigeunerin

Ich singe von des Mädchens Reu,
Und langem, heißen Sehnen;
Denn Leichtsinn wandelt sich in Treu
Und Tränen.
Sie fürchtet der Mutter Drohen nicht mehr,
Sie fürchtet des Bruders Faust nicht so sehr,
Als den Haß des herzlich Geliebten.

Jüngling

Von Eigennutz sing' und von Verrat,
Von Mord und diebischem Rauben;
Man wird dir jede falsche Tat
Wohl glauben.
Wenn sie Beute verteilt, Gewand und Gut,
Schlimmer als je ihr Zigeuner tut,
Das sind gewohnte Geschichten.

Zigeunerin

»Ach weh! ach weh! was hab' ich getan!
Was hilft mir nun das Lauschen!

Ich hör' an meine Kammer heran
Ihn rauschen.
Da klopfte mir hoch das Herz, ich dacht':
O, hättest du doch die Liebesnacht
Der Mutter nicht verraten!«

Jüngling

Ach, leider! trat ich auch einst hinein,
Und ging verführt im Stillen:
Ach Süßchen! laß mich zu dir ein,
Mit Willen!
Doch gleich entstand ein Lärm und Geschrei;
Es rannten die tollen Verwandten herbei.
Noch siedet das Blut mir im Leibe.

Zigeunerin

»Kommt nun dieselbige Stunde zurück,
Wie still mich's kränket und schmerzet!
Ich habe das nahe, das einzige Glück
Verscherzet.
Ich armes Mädchen, ich war zu jung!
Es war mein Bruder verrucht genung,
So schlecht an dem Liebsten zu handeln.«

Der Dichter

So ging das schwarze Weib in das Haus,
In den Hof zur springenden Quelle;
Sie wusch sich heftig die Augen aus,
Und helle
Ward Aug' und Gesicht, und weiß und klar
Stellt sich die schöne Müllerin dar
Dem erstaunt, erzürnten Knaben.

Müllerin

Ich fürchte fürwahr dein erzürnt Gesicht,
Du Süßer, Schöner und Trauter,
Und Schläg' und Messerstiche nicht;
Nur lauter
Sag' ich von Schmerz und Liebe dir,
Und will zu deinen Füßen hier
Nun leben oder auch sterben.

Jüngling

O Neigung, sage, wie hast du so tief
Im Herzen dich verstecket?
Wer hat dich, die verborgen schlief,
Gewecket?
Ach Liebe, du wohl unsterblich bist!
Nicht kann Verrat und hämische List
Dein göttlich Leben töten.

Müllerin

Liebst du mich noch so hoch und sehr,
Wie du mir sonst geschworen,
So ist uns beiden auch nichts mehr
Verloren.
Nimm hin das vielgeliebte Weib,
Den jungen unberührten Leib!
Es ist nun alles dein eigen.

Beide

Nun, Sonne, gehe hinab und hinauf;
Ihr Sterne leuchtet und dunkelt!
Es geht ein Liebesgestirn mir auf
Und funkelt.
So lange die Quelle springt und rinnt,
So lange bleiben wir gleichgesinnt,
Eins an des andern Herzen.

GOETHE

DAS BLÜMLEIN WUNDERSCHÖN

Lied des gefangenen Grafen

Graf

Ich kenn' ein Blümlein Wunderschön
Und trage darnach Verlangen;
Ich möcht' es gerne zu suchen gehn,
Allein ich bin gefangen.
Die Schmerzen sind mir nicht gering;
Denn als ich in der Freiheit ging,
Da hatt' ich es in der Nähe.

Von diesem ringsum steilen Schloß
Laß' ich die Augen schweifen,
Und kann's vom hohen Turmgeschoß
Mit Blicken nicht ergreifen;
Und wer mir's vor die Augen brächt',
Es wäre Ritter oder Knecht,
Der sollte mein Trauter bleiben.

Rose

Ich blühe schön, und höre dies
Hier unter deinem Gitter.
Du meinest mich, die Rose, gewiß,
Du edler, armer Ritter!
Du hast gar einen hohen Sinn.
Es herrscht die Blumenkönigin
Gewiß auch in deinem Herzen.

Graf

Dein Purpur ist aller Ehren wert,
Im grünen Überkleide,
Darob das Mädchen dein begehrt,

Wie Gold und edel Geschmeide.
Dein Kranz erhöht das schönste Gesicht;
Allein du bist das Blümchen nicht,
Das ich im Stillen verehre.

Lilie

Das Röslein hat gar stolzen Brauch,
Und strebet immer nach oben;
Doch wird ein liebes Liebchen auch
Der Lilie Zierde loben.
Wenn's Herze schlägt in treuer Brust
Und ist sich rein, wie ich, bewußt,
Der hält mich wohl am höchsten.

Graf

Ich nenne mich zwar keusch und rein,
Und rein von bösen Fehlen;
Doch muß ich hier gefangen sein,
Und muß mich einsam quälen.
Du bist mir zwar ein schönes Bild
Von mancher Jungfrau, rein und mild:
Doch weiß ich noch was liebers.

Nelke

Das mag wohl ich, die Nelke, sein,
Hier in des Wächters Garten.
Wie würde sonst der Alte mein
Mit so viel Sorge warten
Im schönen Kreis der Blätter Drang,
Und Wohlgeruch das Leben lang,
Und alle tausend Farben.

Graf

Die Nelke soll man nicht verschmähn;
Sie ist des Gärtners Wonne:
Bald muß sie in dem Lichte stehn,
Bald schützt er sie vor der Sonne.
Doch was den Grafen glücklich macht?
Es ist nicht ausgesuchte Pracht:
Es ist ein stilles Blümchen.

Veilchen

Ich steh verborgen und gebückt,
Und mag nicht gerne sprechen;
Doch will ich, weil sich's eben schickt,
Mein tiefes Schweigen brechen.
Wenn ich es bin, du guter Mann,
Wie schmerzt mich's, daß ich hinauf nicht kann
Dir alle Gerüche senden.

Graf

Das gute Veilchen schätz' ich sehr:
Es ist so gar bescheiden,
Und duftet so schön; doch brauch' ich mehr
In meinen herben Leiden.
Ich will es euch nur eingestehn:
Auf diesen dürren Felsenhöhn
Ist's Liebchen nicht zu finden.

Doch wandelt unten, an dem Bach,
Das treuste Weib der Erde,
Und seufzet leise manches Ach!
Bis ich erlöset werde.
Wenn sie ein blaues Blümchen bricht,
Und immer sagt: Vergiß mein nicht!
So fühl' ich's in der Ferne.

Ja, in der Ferne fühlt sich die Macht,
Wenn zwei sich redlich lieben;
Drum bin ich in des Kerkers Nacht
Auch noch lebendig geblieben.
Und wenn mir fast das Herze bricht,
So ruf' ich nur: Vergiß mein nicht
Da komm' ich wieder in's Leben.

SCHILLER

DER RING DES POLYKRATES

Ballade

Er stand auf seines Daches Zinnen,
Er schaute mit vergnügten Sinnen
Auf das beherrschte Samos hin.
Dies alles ist mir untertänig,
Begann er zu Egyptens König,
Gestehe daß ich glücklich bin.

Du hast der Götter Gunst erfahren!
Die vormals deines Gleichen waren,
Sie zwingt jetzt deines Scepters Macht.
Doch einer lebt noch, sie zu rächen,
Dich kann mein Mund nicht glücklich sprechen,
So lang des Feindes Auge wacht.

Und eh der König noch geendet,
Da stellt sich, von Milet gesendet,
Ein Bote dem Tyrannen dar:
»Laß, Herr, des Opfers Düfte steigen,
Und mit des Lorbeers muntern Zweigen
Bekränze dir dein festlich Haar.

Getroffen sank dein Feind vom Speere,
Mich sendet mit der frohen Mähre
Dein treuer Feldherr Polydor.«
Und nimmt aus einem schwarzen Becken
Noch blutig, zu der Beiden Schrecken,
Ein wohlbekanntes Haupt hervor.

Der König tritt zurück mit Grauen:
»Doch warn' ich dich, dem Glück zu trauen,
Versetzt er mit besorgtem Blick.
Bedenk, auf ungetreuen Wellen,
Wie leicht kann sie der Sturm zerschellen,
Schwimmt deiner Flotte zweifelnd Glück.«

Und eh er noch das Wort gesprochen,
Hat ihn der Jubel unterbrochen,
Der von der Rhede jauchzend schallt.
Mit fremden Schätzen reich beladen,
Kehrt zu den heimischen Gestaden
Der Schiffe mastenreicher Wald.

Der königliche Gast erstaunet:
Dein Glück ist heute gut gelaunet,
Doch fürchte seinen Unbestand.
Der Sparter nie besiegte Scharen
Bedräuen dich mit Kriegsgefahren,
Schon nahe sind sie diesem Strand.

Und eh ihm noch das Wort entfallen,
Da sieht mans von den Schiffen wallen,
Und tausend Stimmen rufen: Sieg!
Von Feindesnot sind wir befreiet,
Die Sparter hat der Sturm zerstreuet,
Vorbei, geendet ist der Krieg.

Das hört der Gastfreund mit Entsetzen:
Fürwahr, ich muß dich glücklich schätzen,
Doch, spricht er, zittr' ich für dein Heil!
Mir grauet vor der Götter Neide,
Des Lebens ungemischte Freude
Ward keinem Irdischen zu Teil.

Auch mir ist alles wohl geraten,
Bei allen meinen Herrschertaten
Begleitet mich des Himmels huld,
Doch hatt ich einen teuren Erben,
Den nahm mir Gott, ich sah ihn sterben,
Dem Glück bezahlt' ich meine Schuld.

Drum, willst du dich vor Leid bewahren,
So flehe zu den Unsichtbaren,
Daß sie zum Glück den Schmerz verleihn.
Noch keinen sah ich fröhlich enden,
Auf den mit immer vollen Händen
Die Götter ihre Gaben streun.

Und wenns die Götter nicht gewähren,
So acht' auf eines Freundes Lehren,
Und rufe selbst das Unglück her,
Und was von allen deinen Schätzen
Dein Herz am höchsten mag ergetzen,
Das nimm und wirfs in dieses Meer.

Und jener spricht, von Furcht beweget:
»Von allem was die Insel heget,
Ist dieser Ring mein höchstes Gut.
Ihn will ich den Erinnen weihen,
Ob sie mein Glück mir dann verzeihen«
Und wirft das Kleinod in die Flut.

Und bei des nächsten Morgens Lichte
Da tritt mit fröhlichem Gesichte
Ein Fischer vor den Fürsten hin:
Herr, diesen Fisch hab ich gefangen,
Wie keiner noch ins Netz gegangen,
Dir zum Geschenke bring ich ihn.

Und als der Koch den Fisch zerteilet,
Herbei der Koch erschrocken eilet,
Und ruft mit hoch erstauntem Blick:
»Sieh Herr, den Ring, den du getragen,
Ihn fand ich in des Fisches Magen,
O ohne Grenzen ist dein Glück!«

Hier wendet sich der Gast mit Grausen:
»So kann ich hier nicht ferner hausen,
Mein Freund kannst du nicht weiter sein,
Die Götter wollen dein Verderben,
Fort eil ich, nicht mit dir zu sterben.«
Und sprachs und schiffte schnell sich ein.

SCHILLER

DER HANDSCHUH

Erzählung

Vor seinem Löwengarten,
Das Kampfspiel zu erwarten,
Saß König Franz,
Und um ihn die Großen der Krone,
Und rings auf hohem Balkone
Die Damen in schönem Kranz.

Und wie er winkt mit dem Finger,
Auftut sich der weite Zwinger,
Und hinein mit bedächtigem Schritt
Ein Löwe tritt,
Und sieht sich stumm
Rings um,
Mit langem Gähnen,
Und schüttelt die Mähnen,
Und streckt die Glieder,
Und legt sich nieder.

Und der König winkt wieder,
Da öffnet sich behend
Ein zweites Tor,
Daraus rennt
Mit wildem Sprunge
Ein Tiger hervor,
Wie der den Löwen erschaut,
Brüllt er laut,
Schlägt mit dem Schweif
Einen furchtbaren Reif,
Und recket die Zunge,
Und im Kreise scheu
Umgeht er den Leu
Grimmig schnurrend,
Drauf streckt er sich murrend
Zur Seite nieder.

Und der König winkt wieder,
Da speit das doppelt geöffnete Haus
Zwei Leoparden auf einmal aus,
Die stürzen mit mutiger Kampfbegier
Auf das Tigertier,
Das packt sie mit seinen grimmigen Tatzen,

Und der Leu mit Gebrüll
Richtet sich auf, da wirds still,
Und herum im Kreis,
Von Mordsucht heiß,
Lagern sich die greulichen Katzen.

Da fällt von des Altans Rand
Ein Handschuh von schöner Hand
Zwischen den Tiger und den Leu'n
Mitten hinein.

Und zu Ritter Delorges spottender Weis'
Wendet sich Fräulein Kunigund:
»Herr Ritter ist eure Liebe so heiß
Wie ihr mirs schwört zu jeder Stund,
Ei so hebt mir den Handschuh auf.«

Und der Ritter in schnellem Lauf
Steigt hinab in den furchtbarn Zwinger
Mit festem Schritte,
Und aus der Ungeheuer Mitte
Nimmt er den Handschuh mit keckem Finger.

Und mit Erstaunen und mit Grauen
Sehens die Ritter und Edelfrauen,
Und gelassen bringt er den Handschuh zurück,
Da schallt ihm sein Lob aus jedem Munde,
Aber mit zärtlichem Liebesblick –
Er verheißt ihm sein nahes Glück –
Empfängt ihn Fräulein Kunigunde.
Und der Ritter sich tief verbeugend, spricht:
Den Dank, Dame, begehr ich nicht,
Und verläßt sie zur selben Stunde.

SCHILLER
RITTER TOGGENBURG
Ballade

»Ritter, treue Schwesterliebe
  Widmet euch dies Herz,
Fordert keine andre Liebe,
  Denn es macht mir Schmerz.
Ruhig mag ich euch erscheinen,
  Ruhig gehen sehn.
Eurer Augen stilles Weinen
  Kann ich nicht verstehn.«

Und er hörts mit stummem Harme,
  Reißt sich blutend los,
Preßt sie heftig in die Arme,
  Schwingt sich auf sein Roß,
Schickt zu seinen Mannen allen
  In dem Lande Schweiz,
Nach dem heilgen Grab sie wallen,
  Auf der Brust das Kreuz.

Große Taten dort geschehen
  Durch der Helden Arm,
Ihres Helmes Büsche wehen
  In der Feinde Schwarm,
Und des Toggenburgers Name
  Schreckt den Muselmann,
Doch das Herz von seinem Grame
  Nicht genesen kann.

Und ein Jahr hat ers getragen,
  Trägts nicht länger mehr,
Ruhe kann er nicht erjagen,

Und verläßt das Heer,
Sieht ein Schiff an Joppe's Strande,
Das die Segel bläht,
Schiffet heim zum teuren Lande,
Wo ihr Atem weht.

Und an ihres Schlosses Pforte
Klopft der Pilger an,
Ach! und mit dem Donnerworte
Wird sie aufgetan:
»Die ihr suchet, trägt den Schleier,
Ist des Himmels Braut,
Gestern war des Tages Feier
Der sie Gott getraut.«

Da verlässet er auf immer
Seiner Väter Schloß,
Seine Waffen sieht er nimmer,
Noch sein treues Roß,
Von der Toggenburg hernieder
Steigt er unbekannt,
Denn es deckt die edeln Glieder
Härenes Gewand.

Und erbaut sich eine Hütte
Jener Gegend nah
Wo das Kloster aus der Mitte
Düstrer Linden sah;
Harrend von des Morgens Lichte
Bis zu Abends Schein,
Stille Hoffnung im Gesichte,
Saß er da allein.

Blickte nach dem Kloster drüben
  Blickte Stundenlang,
Nach dem Fenster seiner Lieben,
  Bis das Fenster klang,
Bis die Liebliche sich zeigte,
  Bis das teure Bild
Sich ins Tal herunterneigte,
  Ruhig, engelmild.

Und dann legt er froh sich nieder,
  Schlief getröstet ein,
Still sich freuend, wenn es wieder
  Morgen würde sein.
Und so saß er viele Tage
  Saß viel Jahre lang,
Harrend ohne Schmerz und Klage
  Bis das Fenster klang.

Bis die Liebliche sich zeigte,
  Bis das teure Bild
Sich ins Tal herunter neigte,
  Ruhig, engelmild.
Und so saß er, eine Leiche,
  Eines Morgens da,
Nach dem Fenster noch das bleiche
  Stille Antlitz sah.

SCHILLER

DER TAUCHER

Ballade

Wer wagt es, Rittersmann oder Knapp,
Zu tauchen in diesen Schlund?
Einen goldnen Becher werf ich hinab,
Verschlungen schon hat ihn der schwarze Mund.
Wer mir den Becher kann wieder zeigen,
Er mag ihn behalten, er ist sein eigen.

Der König sprach es, und wirft von der Höh
Der Klippe, die schroff und steil
Hinaus hängt in die unendliche See,
Den Becher in der *Charybde* Geheul.
Wer ist der Beherzte, ich frage wieder,
Zu tauchen in diese Tiefe nieder?

Und die Ritter, die Knappen um ihn her,
Vernehmens und schweigen still,
Sehen hinab in das wilde Meer,
Und keiner den Becher gewinnen will.
Und der König zum drittenmal wieder fraget:
Ist keiner, der sich hinunter waget?

Doch alles noch stumm bleibt wie zuvor,
Und ein Edelknecht, sanft und keck,
Tritt aus der Knappen zagendem Chor,
Und den Gürtel wirft er, den Mantel weg,
Und alle die Männer umher und Frauen
Auf den herrlichen Jüngling verwundert schauen.

Und wie er tritt an des Felsen Hang,
Und blickt in den Schlund hinab,

Die Wasser, die sie hinunter schlang,
Die Charybde jetzt brüllend wiedergab,
Und wie mit des fernen Donners Getose
Entstürzen sie schäumend dem finstern Schoße.

Und es wallet und siedet und brauset und zischt,
Wie wenn Wasser mit Feuer sich mengt.
Bis zum Himmel sprützet der dampfende Gischt,
Und Flut auf Flut sich ohn Ende drängt,
Und will sich nimmer erschöpfen und leeren,
Als wollte das Meer noch ein Meer gebären.

Doch endlich, da legt sich die wilde Gewalt,
Und schwarz aus dem weißen Schaum
Klafft hinunter ein gähnender Spalt,
Grundlos als gings in den Höllenraum,
Und reißend sieht man die brandenden Wogen
Hinab in den strudelnden Trichter gezogen.

Jetzt schnell, eh die Brandung zurückekehrt,
Der Jüngling sich Gott befiehlt,
Und – ein Schrei des Entsetzens wird rings gehört,
Und schon hat ihn der Wirbel hinweggespült,
Und geheimnisvoll über dem kühnen Schwimmer
Schließt sich der Rachen, er zeigt sich nimmer.

Und stille wirds über dem Wasserschlund,
In der Tiefe nur brauset es hohl,
Und bebend hört man von Mund zu Mund:
Hochherziger Jüngling, fahre wohl!
Und hohler und hohler hört mans heulen,
Und es harrt noch mit bangem, mit schrecklichem
Weilen.

Und wärfst du die Krone selber hinein,
Und sprächst: wer mir bringet die Kron',
Er soll sie tragen und König sein,
Mich gelüstete nicht nach dem teuren Lohn,
Was die heulende Tiefe da unten verhehle,
Das erzählt keine lebende glückliche Seele.

Wohl manches Fahrzeug, vom Strudel gefaßt,
Schoß gäh in die Tiefe hinab,
Doch zerschmettert nur rangen sich Kiel und Mast
Hervor aus dem alles verschlingenden Grab.
Und heller und heller wie Sturmes Sausen
Hört mans näher und immer näher brausen.

Und es wallet und siedet und brauset und zischt,
Wie wenn Wasser mit Feuer sich mengt,
Bis zum Himmel sprützet der dampfende Gischt,
Und Well' auf Well' sich ohne Ende drängt,
Und wie mit des fernen Donners Getose
Entstürzt es brüllend dem finstern Schoße.

Und sieh! aus dem finster flutenden Schoß
Da hebet sichs schwanenweiß,
Und ein Arm und ein glänzender Nacken wird bloß
Und es rudert mit Kraft und mit emsigen Fleiß,
Und er ists, und hoch in seiner Linken
Schwingt er den Becher mit freudigem Winken.

Und atmete lang und atmete tief,
Und begrüßte das himmlische Licht.
Mit Frohlocken es einer dem andern rief,
Er lebt! Er ist da! Es behielt ihn nicht.
Aus dem Grab, aus der strudelnden Wasserhöhle
Hat der Brave gerettet die lebende Seele.

Und er kommt, es umringt ihn die jubelnde Schar,
Zu des Königs Füßen er sinkt,
Den Becher reicht er ihm kniend dar,
Und der König der lieblichen Tochter winkt
Die füllt ihn mit funkelndem Wein bis zum Rande,
Und der Jüngling sich also zum König wandte:

Lang lebe der König! Es freue sich,
Wer da atmet im rosigten Licht.
Da unten aber ists fürchterlich,
Und der Mensch versuche die Götter nicht,
Und begehre nimmer und nimmer zu schauen
Was sie gnädig bedecken mit Nacht und Grauen.

Es riß mich hinunter Blitzesschnell,
Da stürzt' mir aus felsigtem Schacht,
Wildflutend entgegen ein reißender Quell,
Mich packte des Doppelstroms wütende Macht,
Und wie einen Kreisel mit schwindelndem Drehen,
Trieb michs um, ich konnte nicht widerstehen.

Da zeigte mir Gott, zu dem ich rief,
In der höchsten schrecklichen Not,
Aus der Tiefe ragend ein Felsenriff,
Das erfaßt' ich behend und entrann dem Tod,
Und da hing auch der Becher an spitzen Korallen,
Sonst wär er ins Bodenlose gefallen.

Denn unter mir lags noch, Bergetief,
In purpurner Finsternis da,
Und obs hier dem Ohre gleich ewig schlief,
Das Auge mit Schaudern hinunter sah,
Wies von Salamandern und Molchen und Drachen
Sich regte in dem furchtbaren Höllenrachen.

Schwarz wimmelten da, in grausem Gemisch
Zu scheußlichen Klumpen geballt,
Der stachlichte Roche, der Klippenfisch,
Des Hammers gräuliche Ungestalt,
Und dräuend wies mir die grimmigen Zähne
Der entsetzliche Hai, des Meeres Hyäne.

Und da hing ich und war mirs mit Grausen bewußt,
Von der menschlichen Hülfe so weit.
Unter Larven die einzige fühlende Brust,
Allein in der gräßlichen Einsamkeit,
Tief unter dem Schall der menschlichen Rede
Bei den Ungeheuern der traurigen Öde.

Und schaudernd dacht ichs, da krochs heran,
Regte hundert Gelenke zugleich,
Will schnappen nach mir, in des Schreckens Wahn
Laß ich los der Koralle umklammerten Zweig,
Gleich faßt mich der Strudel mit rasendem Toben,
Doch es war mir zum Heil, er riß mich nach oben.

Der König darob sich verwundert schier,
Und spricht: Der Becher ist dein,
Und diesen Ring noch bestimm ich dir,
Geschmückt mit dem köstlichsten Edelgestein,
Versuchst dus noch einmal und bringst mir Kunde,
Was du sahst auf des Meeres tiefunterstem Grunde?

Das hörte die Tochter mit weichem Gefühl,
Und mit schmeichelndem Munde sie fleht:
Laßt Vater genug sein das grausame Spiel,
Er hat euch bestanden, was keiner besteht,
Und könnt ihr des Herzens Gelüsten nicht zähmen,
So mögen die Ritter den Knappen beschämen.

Drauf der König greift nach dem Becher schnell,
In den Strudel ihn schleudert hinein,
Und schaffst du den Becher mir wieder zur Stell,
So sollst du der trefflichste Ritter mir sein,
Und sollst sie als Ehgemahl heut noch umarmen,
Die jetzt für dich bittet mit zartem Erbarmen.

Da ergreifts ihm die Seele mit Himmelsgewalt,
Und es blitzt aus den Augen ihm kühn,
Und er siehet erröten die schöne Gestalt,
Und sieht sie erbleichen und sinken hin,
Da treibts ihn, den köstlichen Preis zu erwerben,
Und stürzt hinunter auf Leben und Sterben.

Wohl hört man die Brandung, wohl kehrt sie zurück,
Sie verkündigt der donnernde Schall,
Da bückt sichs hinunter mit liebendem Blick,
Es kommen, es kommen die Wasser all,
Sie rauschen herauf, sie rauschen nieder,
Den Jüngling bringt keines wieder.

SCHILLER
DIE KRANICHE DES IBYCUS
Ballade

Zum Kampf der Wagen und Gesänge,
Der auf Corinthus Landesenge
Der Griechen Stämme froh vereint,
Zog Ibycus, der Götterfreund.
Ihm schenkte des Gesanges Gabe,
Der Lieder süßen Mund Apoll,
So wandert er, an leichtem Stabe,
Aus Rhegium, des Gottes voll.

Schon winkt auf hohem Bergesrücken
Acrocorinth des Wandrers Blicken,
Und in Poseidons Fichtenhain
Tritt er mit frommem Schauder ein.
Nichts regt sich um ihn her, nur Schwärme
Von Kranichen begleiten ihn,
Die fernhin nach des Südens Wärme
In graulichtem Geschwader ziehn.

Seid mir gegrüßt, befreundte Scharen!
Die mir zur See Begleiter waren.
Zum guten Zeichen nehm ich euch,
Mein Los, es ist dem euren gleich.
Von fernher kommen wir gezogen,
Und flehen um ein wirtlich Dach.
Sei uns der Gastliche gewogen,
Der von dem Fremdling wehrt die Schmach!

Und munter fördert er die Schritte,
Und sieht sich in des Waldes Mitte,
Da sperren, auf gedrangem Steg,
Zwei Mörder plötzlich seinen Weg.
Zum Kampfe muß er sich bereiten,
Doch bald ermattet sinkt die Hand,
Sie hat der Leyer zarte Saiten,
Doch nie des Bogens Kraft gespannt.

Er ruft die Menschen an, die Götter,
Sein Flehen dringt zu keinem Retter,
Wie weit er auch die Stimme schickt,
Nichts lebendes wird hier erblickt.
»So muß ich hier verlassen sterben,
Auf fremdem Boden, unbeweint,

Durch böser Buben Hand verderben,
Wo auch kein Rächer mir erscheint!«

Und schwer getroffen sinkt er nieder,
Da rauscht der Kraniche Gefieder,
Er hört, schon kann er nicht mehr sehn,
Die nahen Stimmen furchtbar krähn.
»Von euch ihr Kraniche dort oben!
Wenn keine andre Stimme spricht,
Sei meines Mordes Klag erhoben!«
Er ruft es, und sein Auge bricht.

Der nackte Leichnam wird gefunden,
Und bald, obgleich entstellt von Wunden,
Erkennt der Gastfreund in Corinth
Die Züge, die ihm teuer sind.
»Und muß ich so dich wiederfinden,
Und hoffte mit der Fichte Kranz
Des Sängers Schläfe zu umwinden,
Bestrahlt von seines Ruhmes Glanz!«

Und jammernd hörens alle Gäste,
Versammelt bei Neptunus Feste,
Ganz Griechenland ergreift der Schmerz,
Verloren hat ihn jedes Herz,
Und stürmend drängt sich zum Prytanen
Das Volk, es fodert seine Wut
Zu rächen des Erschlagnen Manen,
Zu sühnen mit des Mörders Blut.

Doch wo die Spur, die aus der Menge,
Der Völker flutendem Gedränge,
Gelocket von der Spiele Pracht,
Den schwarzen Täter kenntlich macht?

Sinds Räuber, die ihn feig erschlagen?
Tats neidisch ein verborgner Feind?
Nur Helios vermags zu sagen,
Der alles Irdische bescheint!

Er geht vielleicht, mit frechem Schritte,
Jetzt eben durch der Griechen Mitte,
Und während ihn die Rache sucht,
Genießt er seines Frevels Frucht.
Auf ihres eignen Tempels Schwelle
Trotzt er vielleicht den Göttern, mengt
Sich dreist in jene Menschenwelle,
Die dort sich zum *Theater* drängt.

Denn Bank an Bank gedränget sitzen,
Es brechen fast der Bühne Stützen,
Herbeigeströmt von Fern und Nah,
Der Griechen Völker wartend da,
Dumpfbrausend wie des Meeres Wogen,
Von Menschen wimmelnd wächst der Bau,
In weiter stets geschweiftem Bogen
Hinauf bis in des Himmels Blau.

Wer zählt die Völker, nennt die Namen,
Die gastlich hier zusammen kamen?
Von Theseus Stadt, von Aulis Strand,
Von Phocis, vom Spartanerland,
Von Asiens entlegner Küste,
Von allen Inseln kamen sie,
Und horchen von dem Schaugerüste
Des *Chores* grauser Melodie –

Der streng und ernst, nach alter Sitte,
Mit langsam abgemeßnem Schritte,

Hervortritt aus dem Hintergrund,
Umwandelnd des Theaters Rund.
So schreiten keine irdschen Weiber,
Die zeugete kein sterblich Haus!
Es steigt das Riesenmaß der Leiber
Hoch über menschliches hinaus.

Ein schwarzer Mantel schlägt die Lenden,
Sie schwingen in entfleischten Händen
Der Fackel düsterrote Glut,
In ihren Wangen fließt kein Blut.
Und wo die Haare lieblich flattern,
Um Menschenstirnen freundlich wehn,
Da sieht man Schlangen hier und Nattern
Die giftgeschwollnen Bäuche blähn.

Und schauerlich gedreht im Kreise,
Beginnen sie des *Hymnus* Weise,
Der durch das Herz zerreißend dringt,
Die Bande um den Sünder schlingt.
Besinnungraubend, Herzbetörend
Schallt der Erinnyen Gesang,
Er schallt, des Hörers Mark verzehrend,
Und duldet nicht der Leier Klang.

»Wohl dem, der frei von Schuld und Fehle
Bewahrt die kindlich reine Seele!
Ihm dürfen wir nicht rächend nahn,
Er wandelt frei des Lebens Bahn.
Doch wehe wehe, wer verstohlen
Des Mordes schwere Tat vollbracht,
Wir heften uns an seine Sohlen,
Das furchtbare Geschlecht der Nacht!

Und glaubt er fliehend zu entspringen,
Geflügelt sind wir da, die Schlingen
Ihm werfend um den flüchtgen Fuß,
Daß er zu Boden fallen muß.
So jagen wir ihn, ohn Ermatten,
Versöhnen kann uns keine Reu,
Ihn fort und fort bis zu den Schatten,
Und geben ihn auch dort nicht frei.«

So singend tanzen sie den Reigen,
Und Stille wie des Todes Schweigen
Liegt überm ganzen Hause schwer,
Als ob die Gottheit nahe wär'.
Und feierlich, nach alter Sitte
Umwandelnd des Theaters Rund,
Mit langsam abgemeßnem Schritte,
Verschwinden sie im Hintergrund.

Und zwischen Trug und Wahrheit schwebet
Noch zweifelnd jede Brust und bebet,
Und huldiget der furchtbarn Macht,
Die richtend im Verborgnen wacht,
Die unerforschlich, unergründet,
Des Schicksals dunkeln Knäuel flicht,
Dem tiefen Herzen sich verkündet,
Doch fliehet vor dem Sonnenlicht.

Da hört man auf den höchsten Stufen
Auf einmal eine Stimme rufen:
»Sieh da! Sieh da, Timotheus,
Die Kraniche des Ibycus!« –
Und finster plötzlich wird der Himmel,
Und über dem Theater hin,

Sieht man, in schwärzlichtem Gewimmel,
Ein Kranichheer vorüberziehn.

»*Des Ibycus!*« Der teure Name
Rührt jede Brust mit neuem Grame,
Und, wie im Meere Well auf Well,
So läufts von Mund zu Munde schnell.
»Des Ibycus, den wir beweinen,
Den eine Mörderhand erschlug!
Was ists mit dem? Was kann er meinen?
Was ists mit diesem Kranichzug?« –

Und lauter immer wird die Frage,
Und ahnend fliegts, mit Blitzesschlage,
Durch alle Herzen »Gebet acht!
Das ist der Eumeniden Macht!
Der fromme Dichter wird gerochen,
Der Mörder bietet selbst sich dar.
Ergreift ihn, der das Wort gesprochen,
Und ihn, an den's gerichtet war.«

Doch dem war kaum das Wort entfahren,
Möcht' ers im Busen gern bewahren;
Umsonst, der schreckenbleiche Mund
Macht schnell die Schuldbewußten kund.
Man reißt und schleppt sie vor den Richter,
Die Szene wird zum Tribunal,
Und es gestehn die Bösewichter,
Getroffen von der Rache Strahl.

SCHILLER

DER GANG NACH DEM EISENHAMMER

Ballade

Ein frommer Knecht war Fridolin,
Und in der Furcht des Herrn
Ergeben der Gebieterin
Der Gräfin von Saverne.
Sie war so sanft, sie war so gut,
Doch auch der Launen Übermut
Hätt er geeifert zu erfüllen,
Mit Freudigkeit, um Gotteswillen.

Früh von des Tages erstem Schein
Bis spät die Vesper schlug,
Lebt er nur ihrem Dienst allein,
Tat nimmer sich genug.
Und sprach die Dame: mach dirs leicht!
Da wurd ihm gleich das Auge feucht,
Und meinte, seiner Pflicht zu fehlen,
Durft er sich nicht im Dienste quälen.

Drum vor dem ganzen Dienertroß
Die Gräfin ihn erhob,
Aus ihrem schönen Munde floß
Sein unerschöpftes Lob.
Sie hielt ihn nicht als ihren Knecht,
Es gab sein Herz ihm Kindesrecht,
Ihr klares Auge mit Vergnügen
Hing an den anmutsvollen Zügen.

Darob entbrennt in Roberts Brust,
Des Jägers, giftger Groll,
Ihm längst von böser Schadenlust

Die schwarze Seele schwoll.
Und trat zum Grafen, rasch zur Tat,
Und offen des Verführers Rat,
Als einst vom Jagen heim sie kamen,
Streut ihm ins Herz des Argwohns Samen.

»Wie seid ihr glücklich, edler Graf,
Hub er voll Arglist an,
Euch raubet nicht den goldnen Schlaf
Des Zweifels giftger Zahn.
Denn ihr besitzt ein edles Weib,
Es gürtet Scham den keuschen Leib,
Die fromme Treue zu berücken
Wird nimmer dem Versucher glücken.«

Da rollt der Graf die finstern Brau'n:
Was redst du mir Gesell?
Werd ich auf Weibestugend baun,
Beweglich wie die Well?
Leicht locket sie des Schmeichlers Mund,
Mein Glaube steht auf festerm Grund,
Vom Weib des Grafen von Saverne
Bleibt, hoff ich, der Versucher ferne.

Der andre spricht »So denkt ihr recht.
Nur euren Spott verdient
Der Tor, der, ein geborner Knecht,
Ein solches sich erkühnt,
Und zu der Frau, die ihm gebeut
Erhebt der Wünsche Lüsternheit« –
Was? fällt ihm jener ein und bebet,
Redst du von einem, der da lebet?

»Ja doch, was aller Mund erfüllt,
Das bärg sich meinem Herrn!
Doch, weil ihrs denn mit Fleiß verhüllt,
So unterdrück ichs gern« –
Du bist des Todes, Bube, sprich!
Ruft jener streng und fürchterlich.
Wer hebt das Aug zu Kunigonden?
»Nun ja, ich spreche von dem Blonden.«

»Er ist nicht häßlich von Gestalt«,
Fährt er mit Arglist fort,
Indems den Grafen heiß und kalt
Durchrieselt bei dem Wort.
»Ists möglich Herr? Ihr saht es nie,
Wie er nur Augen hat für sie?
Bei Tafel eurer selbst nicht achtet,
An ihren Stuhl gefesselt schmachtet?«

»Seht da die Verse, die er schrieb,
Und seine Glut gesteht«
Gesteht! – »Und sie um Gegenlieb,
Der freche Bube! fleht.
Die gnädge Gräfin, sanft und weich,
Aus Mitleid wohl verbarg sies euch,
Mich reuet jetzt, daß mirs entfahren,
Denn Herr, was habt ihr zu befahren?«

Da ritt in seines Zornes Wut
Der Graf ins nahe Holz,
Wo ihm in hoher Öfen Glut
Die Eisenstufe schmolz.
Hier nährten früh und spat den Brand
Die Knechte mit geschäftger Hand,

Der Funke sprüht, die Bälge blasen,
Als gält es, Felsen zu verglasen.

Des Wassers und des Feuers Kraft
Verbündet sieht man hier,
Das Mühlrad von der Flut gerafft,
Umwälzt sich für und für.
Die Werke klappern Nacht und Tag,
Im Takte pocht der Hämmer Schlag,
Und bildsam von den mächtgen Streichen
Muß selbst das Eisen sich erweichen.

Und zwoen Knechten winket er,
Bedeutet sie und sagt:
Den ersten, den ich sende her,
Und der euch also fragt:
»Habt ihr befolgt des Herren Wort?«
Den werft mir in die Hölle dort,
Daß er zu Asche gleich vergehe,
Und ihn mein Aug nicht weiter sehe.

Des freut sich das entmenschte Paar
Mit roher Henkerslust.
Denn fühllos wie das Eisen war
Das Herz in ihrer Brust.
Und frischer mit der Bälge Hauch
Erhitzen sie des Ofens Bauch,
Und schicken sich mit Mordverlangen
Das Todesopfer zu empfangen.

Drauf Robert zum Gesellen spricht
Mit falschem Heuchelschein:
Frisch auf Gesell und säume nicht,
Der Herr begehret dein.

Der Herr, der spricht zu Fridolin:
Mußt gleich zum Eisenhammer hin
Und frage mir die Knechte dorten,
Ob sie getan nach meinen Worten?

Und jener spricht: es soll geschehn,
Und macht sich flugs bereit.
Doch sinnend bleibt er plötzlich stehn:
»Ob *Sie* mir nichts gebeut?«
Und vor die Gräfin stellt er sich:
Hinaus zum Hammer schickt man mich,
So sag, was kann ich dir verrichten?
Denn dir gehören meine Pflichten.

Darauf die Dame von Saverne
Versetzt mit sanftem Ton:
Die heilge Messe hört ich gern,
Doch liegt mir krank der Sohn.
So gehe denn mein Kind und sprich
In Andacht ein Gebet für mich,
Und denkst du reuig deiner Sünden,
So laß auch mich die Gnade finden.

Und froh der vielwillkommnen Pflicht,
Macht er im Flug sich auf,
Hat noch des Dorfes Ende nicht
Erreicht in schnellem Lauf,
Da tönt ihm von dem Glockenstrang
Hellschlagend des Geläutes Klang,
Das alle Sünder, hochbegnadet,
Zum Sakramente festlich ladet.

»Dem lieben Gotte weich nicht aus,
Findst du ihn auf dem Weg! –«

Er sprichts und tritt ins Gotteshaus,
Kein Laut ist hier noch reg'.
Denn um die Ernte wars, und heiß
Im Felde glüht' der Schnitter Fleiß,
Kein Chorgehilfe war erschienen,
Die Messe kundig zu bedienen.

Entschlossen ist er alsobald,
Und macht den Sacristan.
Das, spricht er, ist kein Aufenthalt,
Was fördert himmelan.
Die Stola und das Cingulum
Hängt er dem Priester dienend um,
Bereitet hurtig die Gefäße,
Geheiliget zum Dienst der Messe.

Und als er dies mit Fleiß getan,
Tritt er als Ministrant
Dem Priester zum Altar voran,
Das Meßbuch in der Hand,
Und knieet rechts und knieet links,
Und ist gewärtig jedes Winks,
Und als des *Sanctus* Worte kamen
Da schellt er dreimal bei dem Namen.

Drauf als der Priester fromm sich neigt
Und, zum Altar gewandt,
Den Gott, den gegenwärtgen, zeigt,
In hocherhabner Hand,
Da kündet es der Sacristan
Mit hellem Glöcklein klingend an,
Und alles kniet und schlägt die Brüste,
Sich fromm bekreuzend vor dem Christe.

So übt er jedes pünktlich aus,
Mit schnell gewandtem Sinn,
Was Brauch ist in dem Gotteshaus,
Er hat es alles inn,
Und wird nicht müde bis zum Schluß,
Bis beim *Vobiscum Dominus*
Der Priester zur Gemein' sich wendet,
Die heilge Handlung segnend endet.

Da stellt er jedes wiederum
In Ordnung säuberlich,
Erst reinigt er das Heiligtum,
Und dann entfernt er sich,
Und eilt in des Gewissens Ruh
Den Eisenhütten heiter zu,
Spricht unterwegs, die Zahl zu füllen,
Zwölf Paternoster noch im Stillen.

Und als er rauchen sieht den Schlot,
Und sieht die Knechte stehn,
Da ruft er: Was der Graf gebot,
Ihr Knechte, ists geschehn?
Und grinsend zerren sie den Mund,
Und deuten in des Ofens Schlund:
»Der ist besorgt und aufgehoben,
Der Graf wird seine Diener loben.«

Die Antwort bringt er seinem Herrn
In schnellem Lauf zurück.
Als der ihn kommen sieht von fern,
Kaum traut er seinem Blick.
Unglücklicher! wo kommst du her?
»Vom Eisenhammer« – Nimmermehr!

So hast du dich im Lauf verspätet?
»Herr, nur so lang, bis ich gebetet.«

»Denn als von eurem Angesicht
Ich heute ging, verzeiht,
Da fragt ich erst, nach meiner Pflicht,
Bei der, die mir gebeut.
Die Messe, Herr, befahl sie mir
Zu hören, gern gehorcht' ich ihr,
Und sprach der Rosenkränze viere
Für euer Heil und für das ihre.

In tiefes Staunen sinket hier
Der Graf, entsetzet sich.
Und welche Antwort wurde dir
Am Eisenhammer? Sprich!
»Herr, dunkel war der Rede Sinn,
Zum Ofen wies man lachend hin:
Der ist besorgt und aufgehoben,
Der Graf wird seine Diener loben.«

Und Robert? fällt der Graf ihm ein,
Wird glühend und wird blaß.
Sollt er dir nicht begegnet sein,
Ich sandt ihn doch die Straß'!
»Herr, nicht im Wald, nicht in der Flur
Fand ich von Robert eine Spur –«
Nun, ruft der Graf und steht vernichtet,
Gott selbst im Himmel hat gerichtet!

Und gütig, wie er nie gepflegt,
Nimmt er des Dieners Hand,
Bringt ihn der Gattin, tiefbewegt,
Die nichts davon verstand.

Dies Kind, kein Engel ist so rein,
Laßts eurer Huld empfohlen sein,
Wie schlimm wir auch beraten waren,
Mit dem ist Gott und seine Scharen.

SCHILLER

DER KAMPF MIT DEM DRACHEN

Romanze

Was rennt das Volk, was wälzt sich dort
Die langen Gassen brausend fort?
Stürzt Rhodus unter Feuers Flammen?
Es rottet sich im Sturm zusammen,
Und einen Ritter, hoch zu Roß,
Gewahr' ich aus dem Menschentroß,
Und hinter ihm, welch Abenteuer!
Bringt man geschleppt ein Ungeheuer,
Ein Drache scheint es von Gestalt,
Mit weitem Krokodilesrachen,
Und alles blickt verwundert bald
Den Ritter an und bald den Drachen.

Und tausend Stimmen werden laut,
Das ist der Lindwurm, kommt und schaut!
Der Hirt und Herden uns verschlungen,
Das ist der Held, der ihn bezwungen!
Viel andre zogen vor ihm aus
Zu wagen den gewaltgen Strauß,
Doch keinen sah man wiederkehren,
Den kühnen Ritter soll man ehren!
Und zum Palaste geht der Zug,
Wo Sankt Johanns des Täufers Orden,

Die Ritter des Spitals im Flug
Zu Rate sind versammelt worden.

Und vor den edeln Meister tritt
Der Großkreuz mit bescheidnem Schritt,
Nachdrängt das Volk, mit wildem Rufen,
Erfüllend des Geländers Stufen.
Und jener nimmt das Wort und spricht:
Ich hab' erfüllt die Ritterpflicht,
Der Drache der das Land verödet,
Er liegt von meiner Hand getötet,
Frei ist dem Wanderer der Weg,
Der Hirte treibe ins Gefilde,
Froh walle auf dem Felsensteg
Der Pilgrim zu dem Gnadenbilde.

Doch strenge blickt der Fürst ihn an
Und spricht: Du hast als Held getan,
Der Mut ists, der den Ritter ehret,
Du hast den kühnen Geist bewähret.
Doch sprich! Was ist die erste Pflicht
Des Ritters, der für Christum ficht,
Sich schmücket mit des Kreuzes Zeichen?
Und alle rings herum erbleichen.
Doch er, mit edelm Anstand, spricht,
Indem er sich errötend neiget.
Gehorsam ist die erste Pflicht,
Die ihn des Schmuckes würdig zeiget.

Und diese Pflicht, mein Sohn, versetzt
Der Meister, hast du frech verletzt,
Den Kampf, den das Gesetz versaget,
Hast du mit frevlem Mut gewaget! –
»Herr, richte wenn du alles weißt,

Spricht jener mit gesetztem Geist,
Denn des Gesetzes Sinn und Willen
Vermeint ich treulich zu erfüllen,
Nicht unbedachtsam zog ich hin,
Das Ungeheuer zu bekriegen,
Durch List und kluggewandten Sinn
Versucht ich's, in dem Kampf zu siegen.

Fünf unsers Ordens waren schon,
Die Zierden der Religion,
Des kühnen Mutes Opfer worden,
Da wehrtest du den Kampf dem Orden.
Doch an dem Herzen nagte mir
Der Unmut und die Streitbegier,
Ja selbst im Traum der stillen Nächte
Fand ich mich keuchend im Gefechte,
Und wenn der Morgen dämmernd kam,
Und Kunde gab von neuen Plagen,
Da faßte mich ein wilder Gram
Und ich beschloß, es frisch zu wagen.

Und zu mir selber sprach ich dann:
Was schmückt den Jüngling, ehrt den Mann,
Was leisteten die tapfern Helden
Von denen uns die Lieder melden?
Die zu der Götter Glanz und Ruhm
Erhub das blinde Heidentum?
Sie reinigten von Ungeheuern
Die Welt in kühnen Abenteuern,
Begegneten im Kampf dem Leu'n
Und rangen mit dem Minotauren,
Die armen Opfer zu befrein,
Und ließen sich das Blut nicht dauren.

Ist nur der Saracen es wert,
Daß ihn bekämpft des Christen Schwert?
Bekriegt er nur die falschen Götter?
Gesandt ist er der Welt zum Retter,
Von jeder Not und jedem Harm
Befreien muß sein starker Arm,
Doch seinen Mut muß Weisheit leiten
Und List muß mit der Stärke streiten.
So sprach ich oft und zog allein,
Des Raubtiers Fährte zu erkunden,
Da flößte mir der Geist es ein,
Froh rief ich aus, ich hab's gefunden.

Und trat zu dir und sprach dies Wort:
»Mich zieht es nach der Heimat fort«
Du Herr willfahrtest meinen Bitten
Und glücklich war das Meer durchschnitten.
Kaum stieg ich aus am heimschen Strand,
Gleich ließ ich durch des Künstlers Hand
Getreu den wohlbemerkten Zügen
Ein Drachenbild zusammenfügen.
Auf kurzen Füßen wird die Last
Des langen Leibes aufgetürmet,
Ein schuppicht Panzerhemd umfaßt
Den Rücken, den es furchtbar schirmet.

Lang strecket sich der Hals hervor,
Und gräßlich wie ein Höllentor
Als schnappt es gierig nach der Beute,
Eröffnet sich des Rachens Weite,
Und aus dem schwarzen Schlunde dräun
Der Zähne stachelichte Reihn,
Die Zunge gleicht des Schwertes Spitze,
Die kleinen Augen sprühen Blitze,

In einer Schlange endigt sich
Des Rückens ungeheure Länge
Rollt um sich selber fürchterlich,
Daß es um Mann und Roß sich schlänge.

Und alles bild ich nach, genau,
Und kleid es in ein scheußlich Grau,
Halb Wurm erschiens, halb Molch und Drache,
Gezeuget in der giftgen Lache,
Und als das Bild vollendet war,
Erwähl' ich mir ein Doggenpaar,
Gewaltig, schnell, von flinken Läufen,
Gewohnt den wilden Ur zu greifen,
Die hetz ich auf den Lindwurm an,
Erhitze sie zu wildem Grimme,
Zu fassen ihn mit scharfem Zahn,
Und lenke sie mit meiner Stimme.

Und wo des Bauches weiches Vlies
Den scharfen Bissen Blöße ließ,
Da reiz ich sie den Wurm zu packen.
Die spitzen Zähne einzuhacken.
Ich selbst, bewaffnet mit Geschoß
Besteige mein arabisch Roß,
Von adeliger Zucht entstammet,
Und als ich seinen Zorn entflammet,
Rasch auf den Drachen spreng ich's los,
Und stachl' es mit den scharfen Sporen,
Und werfe zielend mein Geschoß,
Als wollt' ich die Gestalt durchbohren.

Ob auch das Roß sich grauend bäumt
Und knirscht und in den Zügel schäumt,
Und meine Doggen ängstlich stöhnen,

Nicht rast ich, bis sie sich gewöhnen.
So üb ichs aus mit Emsigkeit,
Bis dreimal sich der Mond erneut,
Und als sie jedes recht begriffen,
Führ ich sie her auf schnellen Schiffen.
Der dritte Morgen ist es nun,
Daß mirs gelungen hier zu landen,
Den Gliedern gönnt ich kaum zu ruhn,
Bis ich das große Werk bestanden.

Denn heiß erregte mir das Herz
Des Landes frisch erneuter Schmerz,
Zerrissen fand man jüngst die Hirten,
Die nach dem Sumpfe sich verirrten,
Und ich beschließe rasch die Tat,
Nur von dem Herzen nehm ich Rat.
Flugs unterricht ich meine Knappen,
Besteige den versuchten Rappen,
Und von dem edeln Doggenpaar
Begleitet, auf geheimen Wegen,
Wo meiner Tat kein Zeuge war,
Reit ich dem Feinde frisch entgegen.

Das Kirchlein kennst du Herr, das hoch
Auf eines Felsenberges Joch
Der weit die Insel überschauet,
Des Meisters kühner Geist erbauet.
Verächtlich scheint es, arm und klein,
Doch ein Mirakel schließt es ein,
Die Mutter mit dem Jesusknaben,
Den die drei Könige begaben.
Auf dreimal dreißig Stufen steigt
Der Pilgrim nach der steilen Höhe,

Doch hat er schwindelnd sie erreicht,
Erquickt ihn seines Heilands Nähe.

Tief in den Fels, auf dem es hängt,
Ist eine Grotte eingesprengt,
Vom Tau des nahen Moors befeuchtet,
Wohin des Himmels Strahl nicht leuchtet,
Hier hausete der Wurm und lag
Den Raub erspähend Nacht und Tag,
So hielt er wie der Höllendrache
Am Fuß des Gotteshauses Wache,
Und kam der Pilgrim hergewallt,
Und lenkte in die Unglücksstraße,
Hervorbrach aus dem Hinterhalt
Der Feind und trug ihn fort zum Fraße.

Den Felsen stieg ich jetzt hinan,
Eh ich den schweren Strauß begann,
Hin kniet' ich vor dem Christuskinde,
Und reinigte mein Herz von Sünde,
Drauf gürt' ich mir im Heiligtum
Den blanken Schmuck der Waffen um,
Bewehre mit dem Spieß die Rechte,
Und nieder steig ich zum Gefechte.
Zurücke bleibt der Knappen Troß,
Ich gebe scheidend die Befehle,
Und schwinge mich behend aufs Roß
Und Gott empfehl ich meine Seele.

Kaum seh ich mich im ebnen Plan,
Flugs schlagen meine Doggen an,
Und bang beginnt das Roß zu keuchen,
Und bäumet sich und will nicht weichen,
Denn nahe liegt, zum Knäul geballt,

Des Feindes scheußliche Gestalt,
Und sonnet sich auf warmem Grunde,
Auf jagen ihn die flinken Hunde,
Doch wenden sie sich pfeilgeschwind
Als es den Rachen gähnend teilet,
Und von sich haucht den giftgen Wind,
Und winselnd wie der Schakal heulet.

Doch schnell erfrisch ich ihren Mut,
Sie fassen ihren Feind mit Wut,
Indem ich nach des Tieres Lende
Aus starker Faust den Speer versende,
Doch machtlos wie ein dünner Stab
Prallt er vom Schuppenpanzer ab,
Und eh ich meinen Wurf erneuet,
Da bäumet sich mein Roß und scheuet
An seinem Basiliskenblick
Und seines Atems giftgem Wehen,
Und mit Entsetzen springts zurück,
Und jetzo wars um mich geschehen –

Da schwing ich mich behend vom Roß,
Schnell ist des Schwertes Schneide bloß,
Doch alle Streiche sind verloren,
Den Felsenharnisch zu durchbohren,
Und wütend mit des Schweifes Kraft
Hat es zur Erde mich gerafft,
Schon seh ich seinen Rachen gähnen,
Es haut nach mir mit grimmen Zähnen,
Als meine Hunde wutentbrannt
An seinen Brauch mit grimmgen Bissen
Sich warfen, daß es heulend stand,
Von ungeheurem Schmerz zerrissen.

Und eh es ihren Bissen sich
Entwindet, rasch erheb ich mich,
Erspähe mir des Feindes Blöße,
Und stoße tief ihm ins Gekröse
Nachbohrend bis ans Heft den Stahl,
Schwarzquellend springt des Blutes Strahl,
Hin sinkt es und begräbt im Falle
Mich mit des Leibes Riesenballe,
Daß schnell die Sinne mir vergehn,
Und als ich neugestärkt erwache,
Seh ich die Knappen um mich stehn,
Und tot im Blute liegt der Drache.« –

Des Beifalls lang gehemmte Lust
Befreit jetzt aller Hörer Brust,
So wie der Ritter dies gesprochen,
Und zehnfach am Gewölb gebrochen
Wälzt der vermischten Stimmen Schall
Sich brausend fort im Wiederhall,
Laut fodern selbst des Ordens Söhne,
Daß man die Heldenstirne kröne,
Und dankbar im Triumphgepräng
Will ihn das Volk dem Volke zeigen,
Da faltet seine Stirne streng
Der Meister und gebietet Schweigen.

Und spricht: Den Drachen, der dies Land
Verheert, schlugst du mit tapfrer Hand,
Ein Gott bist du dem Volke worden,
Ein Feind kommst du zurück dem Orden,
Und einen schlimmern Wurm gebar
Dein Herz, als dieser Drache war.
Die Schlange, die das Herz vergiftet,
Die Zwietracht und Verderben stiftet,

Das ist der widerspenstge Geist,
Der gegen Zucht sich frech empöret,
Der Ordnung heilig Band zerreißt,
Denn der ists, der die Welt zerstöret.

Mut zeiget auch der Mameluk,
Gehorsam ist der Christen Schmuck;
Denn wo der Herr in seiner Größe
Gewandelt hat in Knechtes Blöße,
Da stifteten, auf heilgem Grund,
Die Väter dieses Ordens Bund,
Der Pflichten schwerste zu erfüllen,
Zu bändigen den eignen Willen!
Dich hat der eitle Ruhm bewegt,
Drum wende dich aus meinen Blicken,
Denn wer des Herren Joch nicht trägt,
Darf sich mit seinem Kreuz nicht schmücken.

Da bricht die Menge tobend aus,
Gewaltger Sturm bewegt das Haus,
Um Gnade flehen alle Brüder,
Doch schweigend blickt der Jüngling nieder,
Still legt er von sich das Gewand
Und küßt des Meisters strenge Hand
Und geht. Der folgt ihm mit dem Blicke,
Dann ruft er liebend ihn zurücke
Und spricht: Umarme mich mein Sohn!
Dir ist der härtre Kampf gelungen.
Nimm dieses Kreuz, es ist der Lohn
Der Demut, die sich selbst bezwungen.

SCHILLER

DIE BÜRGSCHAFT

Zu Dionys dem Tyrannen schlich
Möros, den Dolch im Gewande,
Ihn schlugen die Häscher in Bande.
Was wolltest du mit dem Dolche, sprich!
Entgegnet ihm finster der Wüterich.
»Die Stadt vom Tyrannen befreien!«
Das sollst du am Kreuze bereuen.

Ich bin, spricht jener, zu sterben bereit,
Und bitte nicht um mein Leben,
Doch willst du Gnade mir geben,
Ich flehe dich um drei Tage Zeit,
Bis ich die Schwester dem Gatten gefreit,
Ich lasse den Freund dir als Bürgen,
Ihn magst du, entrinn ich, erwürgen.

Da lächelt der König mit arger List,
Und spricht nach kurzem Bedenken:
Drei Tage will ich dir schenken.
Doch wisse! Wenn sie verstrichen die Frist,
Eh du zurück mir gegeben bist,
So muß er statt deiner erblassen,
Doch dir ist die Strafe erlassen.

Und er kommt zum Freunde: »der König gebeut,
Daß ich am Kreuz mit dem Leben
Bezahle das frevelnde Streben,
Doch will er mir gönnen drei Tage Zeit,
Bis ich die Schwester dem Gatten gefreit,
So bleib du dem König zum Pfande,
Bis ich komme, zu lösen die Bande.«

Und schweigend umarmt ihn der treue Freund,
Und liefert sich aus dem Tyrannen,
Der andere ziehet von dannen.
Und ehe das dritte Morgenrot scheint,
Hat er schnell mit dem Gatten die Schwester vereint,
Eilt heim mit sorgender Seele,
Damit er die Frist nicht verfehle.

Da gießt unendlicher Regen herab,
Von den Bergen stürzen die Quellen,
Und die Bäche, die Ströme schwellen.
Und er kommt an's Ufer mit wanderndem Stab,
Da reißet die Brücke der Strudel hinab,
Und donnernd sprengen die Wogen
Des Gewölbes krachenden Bogen.

Und trostlos irrt er an Ufers Rand,
Wie weit er auch spähet und blicket
Und die Stimme, die rufende, schicket;
Da stößet kein Nachen vom sichern Strand,
Der ihn setze an das gewünschte Land,
Kein Schiffer lenket die Fähre,
Und der wilde Strom wird zum Meere.

Da sinkt er ans Ufer und weint und fleht,
Die Hände zum Zeus erhoben:
O hemme des Stromes Toben!
Es eilen die Stunden, im Mittag steht
Die Sonne und wenn sie niedergeht,
Und ich kann die Stadt nicht erreichen,
So muß der Freund mir erbleichen.

Doch wachsend erneut sich des Stromes Wut,
Und Welle auf Welle zerrinnet,

Und Stunde an Stunde entrinnet,
Da treibet die Angst ihn, da faßt er sich Mut
Und wirft sich hinein in die brausende Flut,
Und teilt mit gewaltigen Armen
Den Strom, und ein Gott hat Erbarmen.

Und gewinnt das Ufer und eilet fort,
Und danket dem rettenden Gotte,
Da stürzet die raubende Rotte
Hervor aus des Waldes nächtlichem Ort,
Den Pfad ihm sperrend, und schnaubet Mord
Und hemmet des Wanderers Eile
Mit drohend geschwungener Keule.

Was wollt ihr? ruft er für Schrecken bleich,
Ich habe nichts als mein Leben,
Das muß ich dem Könige geben!
Und entreißt die Keule dem nächsten gleich:
Um des Freundes Willen erbarmet euch!
Und drei, mit gewaltigen Streichen,
Erlegt er, die andern entweichen.

Und die Sonne versendet glühenden Brand
Und von der unendlichen Mühe
Ermattet sinken die Knie:
O hast du mich gnädig aus Räubershand,
Aus dem Strom mich gerettet ans heilige Land
Und soll hier verschmachtend verderben,
Und der Freund mir, der liebende, sterben!

Und horch! da sprudelt es silberhell
Ganz nahe, wie rieselndes Rauschen,
Und stille hält er zu lauschen,
Und sieh, aus dem Felsen geschwätzig, schnell,

Springt murmelnd hervor ein lebendiger Quell,
Und freudig bückt er sich nieder,
Und erfrischet die brennenden Glieder.

Und die Sonne blickt durch der Zweige Grün,
Und malt auf den glänzenden Matten
Der Bäume gigantische Schatten,
Und zwei Wanderer sieht er die Straße ziehn,
Will eilenden Laufes vorüber fliehn,
Da hört er die Worte sie sagen:
Jetzt wird er ans Kreuz geschlagen.

Und die Angst beflügelt den eilenden Fuß,
Ihn jagen der Sorge Qualen,
Da schimmern in Abendrots Strahlen
Von ferne die Zinnen von Syrakus,
Und entgegen kommt ihm Philostratus,
Des Hauses redlicher Hüter,
Der erkennet entsetzt den Gebieter:

Zurück! du rettest den Freund nicht mehr,
So rette das eigene Leben!
Den Tod erleidet er eben.
Von Stunde zu Stunde gewartet' er
Mit hoffender Seele der Wiederkehr,
Ihn konnte den mutigen Glauben
Der Hohn des Tyrannen nicht rauben.

Und ist es zu spät, und kann ich ihm nicht
Ein Retter willkommen erscheinen,
So soll mich der Tod ihm vereinen.
Des rühme der blutge Tyrann sich nicht,
Daß der Freund dem Freunde gebrochen die Pflicht,

Er schlachte der Opfer zweie,
Und glaube an Liebe und Treue.

Und die Sonne geht unter, da steht er am Tor
Und sieht das Kreuz schon erhöhet,
Das die Menge gaffend umstehet,
An dem Seile schon zieht man den Freund empor,
Da zertrennt er gewaltig den dichten Chor:
»Mich Henker! ruft er, erwürget,
Da bin ich, für den er gebürget!«

Und Erstaunen ergreift das Volk umher,
In den Armen liegen sich beide,
Und weinen für Schmerzen und Freude.
Da sieht man kein Auge tränenleer,
Und zum Könige bringt man die Wundermär,
Der fühlt ein menschliches Rühren,
Läßt schnell vor den Thron sie führen.

Und blicket sie lange verwundert an,
Drauf spricht er: Es ist euch gelungen,
Ihr habt das Herz mir bezwungen,
Und die Treue, sie ist doch kein leerer Wahn,
So nehmet auch mich zum Genossen an,
Ich sei, gewährt mir die Bitte,
In eurem Bunde der dritte.

1799-1823

GOETHE

DIE ERSTE WALPURGISNACHT

Ein Druide

Es lacht der Mai.
Der Wald ist frei
Von Eis und Reifgehänge.
Der Schnee ist fort;
Am grünen Ort
Erschallen Lustgesänge.
Ein reiner Schnee
Liegt auf der Höh;
Doch eilen wir nach oben,
Begehn den alten, heil'gen Brauch,
Allvater dort zu loben.
Die Flamme lodre durch den Rauch!
So wird das Herz erhoben.

Die Druiden

Die Flamme lodre durch den Rauch!
Begeht den alten heil'gen Brauch,
Allvater dort zu loben!
Hinauf! hinauf nach oben!

Einer aus dem Volke

Könnt ihr so verwegen handeln?
Wollt ihr denn zum Tode wandeln?
Kennet ihr nicht die Gesetze
Unsrer harten Überwinder?
Rings gestellt sind ihre Netze
Auf die Heiden, auf die Sünder.
Ach! sie schlachten auf dem Walle
Unsre Weiber, unsre Kinder,

Und wir alle
Nahen uns gewissem Falle.

Chor der Weiber

Auf des Lagers hohem Walle
Schlachten sie schon unsre Kinder.
Ach, die strengen Überwinder!
Und wir alle
Nahen uns gewissem Falle.

Ein Druide

Wer Opfer heut
Zu bringen scheut,
Verdient erst seine Bande.
Der Wald ist frei.
Das Holz herbei,
Und schlichtet es zum Brande!
Doch bleiben wir
Im Buschrevier
Am Tage noch im Stillen,
Und Männer stellen wir zur Hut,
Um eurer Sorge willen.
Dann aber laßt mit frischem Mut
Uns unsre Pflicht erfüllen.

Ein Druide

Verteilt euch, wackre Männer, hier
Durch dieses ganze Waldrevier,
Und wachet hier im Stillen,
Wenn sie die Pflicht erfüllen.

Ein Wächter

Diese dumpfe Pfaffenchristen,
Laßt uns keck sie überlisten!

Mit dem Teufel, den sie fabeln,
Wollen wir sie selbst erschrecken.
Kommt! Mit Zacken und mit Gabeln,
Und mit Glut und Klapperstöcken
Lärmen wir bei nächtger Weile
Durch die engen Felsenstrecken.
Kauz und Eule,
Heul' in unser Rundgeheule.

Chor der Wächter

Kommt mit Zacken und mit Gabeln,
Wie der Teufel, den sie fabeln,
Und mit wilden Klapperstöcken,
Durch die leeren Felsenstrecken!
Kauz und Eule,
Heul' in unser Rundgeheule.

Ein Druide

So weit gebracht,
Daß wir bei Nacht
Allvater heimlich singen!
Doch ist es Tag,
Sobald man mag
Ein reines Herz dir bringen.
Du kannst zwar heut,
Und manche Zeit,
Dem Feinde viel erlauben.
Die Flamme reinigt sich vom Rauch;
So reinig' unsern Glauben!
Und raubt man uns den alten Brauch;
Dein Licht, wer will es rauben!

Ein christlicher Wächter

Hilf! ach hilf mir, Kriegsgeselle!
Ach, es kommt die ganze Hölle!
Sie, wie die verhexten Leiber
Durch und durch von Flamme glühen!
Menschen-Wölf' und Drachen-Weiber,
Die im Flug vorüber ziehen!
Welch entsetzliches Getöse!
Laßt uns, laßt uns alle fliehen!
Oben flammt und saust der Böse!
Aus dem Boden
Dampfet rings ein Höllen-Broden.

Chor der christlichen Wächter

Schreckliche, verhexte Leiber,
Menschen-Wölf' und Drachen-Weiber!
Welch entsetzliches Getöse!
Sieh, da flammt, da zieht der Böse!
Aus dem Boden
Dampfet rings ein Höllen-Broden.

Chor der Druiden

Die Flamme reinigt sich vom Rauch:
So reinig' unsern Glauben!
Und raubt man uns den alten Brauch;
Dein Licht, wer kann es rauben!

1799

SCHILLER

HERO UND LEANDER

Seht ihr dort die altergrauen
Schlösser sich entgegen schauen,
Leuchtend in der Sonne Gold,

Wo der Hellespont die Wellen
Brausend durch der Dardanellen
Hohe Felsenpforte rollt?
Hört ihr jene Brandung stürmen
Die sich an den Felsen bricht?
Asien riß sie von Europen,
Doch die Liebe schreckt sie nicht.

Heros und *Leanders* Herzen
Rührte mit dem Pfeil der Schmerzen
Amors heilge Göttermacht.
Hero, schön wie Hebe blühend,
Er, durch die Gebirge ziehend
Rüstig, im Geräusch der Jagd.
Doch der Väter feindlich Zürnen
Trennte das verbundne Paar,
Und die süße Frucht der Liebe
Hing am Abgrund der Gefahr.

Dort auf *Sestos* Felsenturme,
Den mit ew'gem Wogensturme
Schäumend schlägt der Hellespont,
Sah die Jungfrau, einsam grauend,
Nach *Abydos* Küste schauend,
Wo der Heißgeliebte wohnt.
Ach, zu dem entfernten Strande
Baut sich keiner Brücke Steg,
Und kein Fahrzeug stößt vom Ufer,
Doch die Liebe fand den Weg.

Aus des Labyrinthes Pfaden
Leitet sie mit sicherm Faden
Auch den Blöden macht sie klug,
Beugt ins Joch die wilden Tiere,

Spannt die Feuer sprüh'nden Stiere
An den diamant'nen Pflug.
Selbst der Styx, der neunfach fließet,
Schließt die wagende nicht aus,
Mächtig raubt sie das Geliebte
Aus des Pluto finsterm Haus.

Auch durch des Gewässers Fluten
Mit der Sehnsucht feur'gen Gluten
Stachelt sie Leanders Mut.
Wenn des Tages heller Schimmer
Bleichet, stürzt der kühne Schwimmer
In des Pontus finstre Flut,
Teilt mit starkem Arm die Woge,
Strebend nach dem teuren Strand,
Wo auf hohem Söller leuchtend
Winkt der Fackel heller Brand.

Und in weichen Liebesarmen
Darf der Glückliche erwarmen,
Von der schwer bestand'nen Fahrt,
Und den Götterlohn empfangen,
Den in seligem Umfangen
Ihm die Liebe aufgespart,
Bis den Säumenden Aurora
Aus der Wonne Träumen weckt,
Und ins kalte Bett' des Meeres
Aus dem Schoß der Liebe schreckt.

Und so flohen dreißig Sonnen
Schnell, im Raub verstohl'ner Wonnen,
Dem beglückten Paar dahin,
Wie der Brautnacht süße Freuden,
Die die Götter selbst beneiden,

Ewig jung und ewig grün.
Der hat nie das Glück gekostet,
Der die Frucht des Himmels nicht
Raubend an des Höllenflusses
Schauervollem Rande bricht.

Hesper und Aurora zogen
Wechselnd auf am Himmelsbogen,
Doch die Glücklichen, sie sahn
Nicht den Schmuck der Blätter fallen,
Nicht aus Nords beeisten Hallen
Den ergrimmten Winter nahn,
Freudig sahen sie des Tages
Immer kürzern, kürzern Kreis,
Für das läng're Glück der Nächte
Dankten sie betört dem Zeus.

Und es gleichte schon die Waage
An dem Himmel Nächt' und Tage,
Und die holde Jungfrau stand
Harrend auf dem Felsenschlosse,
Sah hinab die Sonnenrosse
Fliehen an des Himmels Rand.
Und das Meer lag still und eben,
Einem reinen Spiegel gleich,
Keines Windes leises Weben
Regte das kristallne Reich.

Lustige Delphinenscharen
Scherzten in dem silberklaren
Reinen Element umher,
Und in schwärzlicht grauen Zügen
Aus dem Meergrund aufgestiegen
Kam der Thetys buntes Heer.

Sie, die einzigen, bezeugten
Den verstohlnen Liebesbund,
Aber ihnen schloß auf ewig
Hekate den stummen Mund.

Und sie freute sich des schönen
Meeres, und mit Schmeicheltönen
Sprach sie zu dem Element:
»Schöner Gott, du solltest trügen!
Nein, den Frevler straf ich Lügen,
Der dich falsch und treulos nennt.
Falsch ist das Geschlecht der Menschen,
Grausam ist des Vaters Herz,
Aber du bist mild und gütig,
Und dich rührt der Liebe Schmerz.«

»In den öden Felsenmauern
Müßt' ich freudlos einsam trauern,
Und verblühn in ew'gem Harm,
Doch du trägst auf deinem Rücken,
Ohne Nachen, ohne Brücken,
Mir den Freund in meinen Arm.
Grauenvoll ist deine Tiefe,
Furchtbar deiner Wogen Flut,
Aber dich erfleht die Liebe,
Dich bezwingt der Heldenmut.«

»Denn auch dich, den Gott der Wogen,
Rührte Eros mächt'ger Bogen,
Als des gold'nen Widders Flug
Helle, mit dem Bruder fliehend,
Schön in Jugendfülle blühend,
Über deine Tiefe trug.
Schnell von ihrem Reiz besieget

Griffst du aus dem finstern Schlund,
Zogst sie von des Widders Rücken
Nieder in den Meeresgrund.«

»Eine Göttin mit dem Gotte,
In der tiefen Wassergrotte,
Lebt sie jetzt unsterblich fort,
Hilfreich der verfolgten Liebe
Zähmt sie deine wilden Triebe,
Führt den Schiffer in den Port.
Schöne Helle! Holde Göttin!
Selige, dich fleh ich an,
Bring auch heute den Geliebten
Mir auf der gewohnten Bahn.«

Und schon dunkelten die Fluten,
Und sie ließ der Fackel Gluten
Von dem hohen Söller wehn,
Leitend in den öden Reichen
Sollte das vertraute Zeichen
Der geliebte Wandrer sehn.
Und es saust und dröhnt von ferne,
Finster kräuselt sich das Meer,
Und es löscht das Licht der Sterne,
Und es naht gewitterschwer.

Auf des Pontus weite Fläche
Legt sich Nacht, und Wetterbäche
Stürzen aus der Wolken Schoß,
Blitze zucken in den Lüften,
Und aus ihren Felsengrüften
Werden alle Stürme los,
Wühlen ungeheu're Schlünde
In den weiten Wasserschlund,

Gähnend wie ein Höllenrachen
Öffnet sich des Meeres Grund.

»Wehe! Weh mir! ruft die Arme
Jammernd, großer Zeus erbarme!
Ach! Was wagt' ich zu erflehn!
Wenn die Götter mich erhören,
Wenn er sich den falschen Meeren
Preis gab in des Sturmes Wehn!
Alle Meergewohnten Vögel
Ziehen heim in eil'ger Flucht,
Alle Sturmerprobten Schiffe
Bergen sich in sich'rer Bucht.«

»Ach gewiß, der unverzagte
Unternahm das oft gewagte,
Denn ihn trieb ein mächt'ger Gott.
Er gelobte mirs beim Scheiden
Mit der Liebe heil'gen Eiden,
Ihn entbindet nur der Tod.
Ach! in diesem Augenblicke
Ringt er mit des Sturmes Wut,
Und hinab in ihre Schlünde
Reißt ihn die empörte Flut.«

»Falscher Pontus, deine Stille
War nur des Verrates Hülle,
Einem Spiegel warst du gleich,
Tückisch ruhten deine Wogen,
Bis du ihn heraus betrogen
In dein falsches Lügenreich.
Jetzt in deines Stromes Mitte,
Da die Rückkehr sich verschloß,

Lässest du auf den Verratnen
Alle deine Schrecken los.«

Und es wächst des Stromes Toben,
Hoch zu Bergen aufgehoben
Schwillt das Meer, die Brandung bricht
Schäumend sich am Fuß der Klippen,
Selbst das Schiff mit Eichenrippen
Nahte unzerschmettert nicht.
Und im Wind erlischt die Fackel,
Die des Pfades Leuchte war,
Schrecken bietet das Gewässer,
Schrecken auch die Landung dar.

Und sie fleht zur Afrodite,
Daß sie dem Orkan gebiete,
Sänftige der Wellen Zorn,
Und gelobt den strengen Winden
Reiche Opfer anzuzünden,
Einen Stier mit gold'nem Horn.
Alle Göttinnen der Tiefe,
Alle Götter in der Höh,
Fleht sie, lindernd Öl zu gießen
In die sturmbewegte See.

»Höre meinen Ruf erschallen,
Steig aus deinen grünen Hallen,
Selige *Leucothea*!
Die der Schiffer in dem öden
Wellenreich, in Sturmesnöten,
Rettend oft erscheinen sah.
Reich' ihm deinen heil'gen Schleier,
Der, geheimnisvoll gewebt,

Die ihn tragen, unverletzlich
Aus dem Grab der Fluten hebt.«

Und die wilden Winde schweigen,
Hell an Himmels Rande steigen
Eos Pferde in die Höh.
Friedlich in dem alten Bette
Fließt das Meer in Spiegelsglätte,
Heiter lächeln Luft und See.
Sanfter brechen sich die Wellen
An des Ufers Felsenwand,
Und sie schwemmen, ruhig spielend
Einen Leichnam an den Strand.

Ja er ist's, der auch entseelet
Seinem heil'gen Schwur nicht fehlet!
Schnellen Blicks erkennt sie ihn,
Keine Klage läßt sie schallen,
Keine Träne sieht man fallen,
Kalt, verzweifelnd starrt sie hin.
Trostlos in die öde Tiefe
Blickt sie, in des Äthers Licht,
Und ein edles Feuer rötet
Das erbleichte Angesicht.

»Ich erkenn' euch ernste Mächte,
Strenge treibt ihr eure Rechte,
Furchtbar, unerbittlich ein.
Früh schon ist mein Lauf beschlossen,
Doch das Glück hab' ich genossen,
Und das schönste Los war mein.
Lebend hab ich deinem Tempel
Mich geweiht als Priesterin,

Dir ein freudig Opfer sterb' ich,
Venus, große Königin!«

Und mit fliegendem Gewande
Schwingt sie von des Turmes Rande
In die Meerflut sich hinab.
Hoch in seinen Flutenreichen
Wälzt der Gott die heil'gen Leichen,
Und er selber ist ihr Grab.
Und mit seinem Raub zufrieden
Zieht er freudig fort und gießt
Aus der unerschöpften Urne
Seinen Strom, der ewig fließt.
1801

SCHILLER
KASSANDRA

Freude war in Trojas Hallen,
Eh' die hohe Veste fiel,
Jubelhymnen hört man schallen
In der Saiten gold'nes Spiel.
Alle Hände ruhen müde
Von dem tränenvollen Streit,
Weil der herrliche Pelide
Priams schöne Tochter freit.

Und geschmückt mit Lorbeerreisern,
Festlich wallet Schar auf Schar
Nach der Götter heil'gen Häusern,
Zu des Thymbriers Altar.
Dumpferbrausend durch die Gassen
Wälzt sich die bacchant'sche Lust,

Und in ihrem Schmerz verlassen
War nur eine traur'ge Brust.

Freudlos in der Freude Fülle,
Ungesellig und allein,
Wandelte Kassandra stille
In Apollos Lorbeerhain.
In des Waldes tiefste Gründe
Flüchtete die Seherin,
Und sie warf die Priesterbinde
Zu der Erde zürnend hin:

»Alles ist der Freude offen,
Alle Herzen sind beglückt,
Und die alten Eltern hoffen,
Und die Schwester steht geschmückt.
Ich allein muß einsam trauern,
Denn mich flieht der süße Wahn,
Und geflügelt diesen Mauern
Seh' ich das Verderben nahn.«

»Eine Fackel seh' ich glühen,
Aber nicht in Hymens Hand,
Nach den Wolken seh' ichs ziehen,
Aber nicht wie Opferbrand.
Feste seh' ich froh bereiten,
Doch im ahnungsvollen Geist
Hör' ich schon des Gottes Schreiten,
Der sie jammervoll zerreißt.«

»Und sie schelten meine Klagen,
Und sie höhnen meinen Schmerz,
Einsam in die Wüste tragen
Muß ich mein gequältes Herz,

Von den Glücklichen gemieden,
Und den Fröhlichen ein Spott!
Schweres hast du mir beschieden
Pythischer, du arger Gott!«

»Dein Orakel zu verkünden,
Warum warfest du mich hin
In die Stadt der ewig blinden,
Mit dem aufgeschloß'nen Sinn?
Warum gabst du mir, zu sehen,
Was ich doch nicht wenden kann?
Das Verhängte muß geschehen,
Das Gefürchtete muß nahn.«

»Frommt's, den Schleier aufzuheben,
Wo das nahe Schrecknis droht?
Nur der Irrtum ist das Leben,
Und das Wissen ist der Tod.
Nimm, o nimm die traur'ge Klarheit,
Mir vom Aug' den blut'gen Schein!
Schrecklich ist es, deiner Wahrheit
Sterbliches Gefäß zu sein.«

»Meine Blindheit gib mir wieder
Und den fröhlich dunklen Sinn,
Nimmer sang' ich freud'ge Lieder,
Seit ich *deine* Stimme bin.
Zukunft hast du mir gegeben,
Doch du nahmst den Augenblick,
Nahmst der Stunde fröhlich Leben,
Nimm dein falsch Geschenk zurück.«

»Nimmer mit dem Schmuck der Bräute
Kränzt' ich mir das duft'ge Haar,

Seit ich deinem Dienst mich weihte
An dem traurigen Altar.
Meine Jugend war nur Weinen,
Und ich kannte nur den Schmerz,
Jede herbe Not der Meinen
Schlug an mein empfindend Herz.«

»Fröhlich seh' ich die Gespielen,
Alles um mich lebt und liebt
In der Jugend Lustgefühlen
Mir nur ist das Herz getrübt.
Mir erscheint der Lenz vergebens,
Der die Erde festlich schmückt,
Wer erfreute sich des Lebens,
Der in seine Tiefen blickt!«

»Selig preis' ich Polyxenen
In des Herzens trunk'nem Wahn,
Denn den Besten der Hellenen
Hofft sie bräutlich zu umfah'n.
Stolz ist ihre Brust gehoben,
Ihre Wonne faßt sie kaum,
Nicht euch Himmlische dort oben
Neidet sie in ihrem Traum.«

»Und auch ich hab' ihn gesehen,
Den das Herz verlangend wählt,
Seine schönen Blicke flehen,
Von der Liebe Glut beseelt.
Gerne möcht' ich mit dem Gatten
In die heim'sche Wohnung ziehn,
Doch es tritt ein styg'scher Schatten
Nächtlich zwischen mich und ihn.«

»Ihre bleichen Larven alle
Sendet mir Proserpina,
Wo ich wand're, wo ich walle
Stehen mir die Geister da.
In der Jugend frohe Spiele
Drängen sie sich grausend ein,
Ein entsetzliches Gewühle,
Nimmer kann ich fröhlich sein.«

»Und den Mordstahl seh' ich blinken,
Und des Mörders Auge glühn,
Nicht zur Rechten, nicht zur Linken
Kann ich vor dem Schrecknis flieh'n,
Nicht die Blicke darf ich wenden,
Wissend, schauend, unverwandt
Muß ich mein Geschick vollenden
Fallend in dem fremden Land.« –

Und noch hallen ihre Worte,
Horch! Da dringt verworr'ner Ton
Fernher aus des Tempels Pforte,
Tot lag Thetis großer Sohn!
Eris schüttelt ihre Schlangen,
Alle Götter flieh'n davon,
Und des Donners Wolken hangen
Schwer herab auf Ilion.

1802

GOETHE

HOCHZEITLIED

Wir singen und sagen vom Grafen so gern,
Der hier in dem Schlosse gehauset,
Da wo ihr den Enkel des seligen Herrn,
Den heute vermählten, beschmauset.
Nun hatte sich jener im heiligen Krieg
Zu Ehren gestritten durch mannigen Sieg,
Und als er zu Hause vom Rösselein stieg,
Da fand er sein Schlösselein oben;
Doch Diener und Habe zerstoben.

Da bist du nun, Gräflein, da bist du zu Haus,
Das Heimische findest du schlimmer!
Zum Fenster da ziehen die Winde hinaus,
Sie kommen durch alle die Zimmer.
Was wäre zu tun in der herbstlichen Nacht?
So hab' ich doch manche noch schlimmer vollbracht,
Der Morgen hat Alles wohl besser gemacht.
Drum rasch bei der mondlichen Helle,
In's Bett, in das Stroh, in's Gestelle.

Und als er im willigen Schlummer so lag,
Bewegt es sich unter dem Bette.
Die Ratte die raschle so lange sie mag!
Ja, wenn sie ein Bröselein hätte!
Doch siehe! da stehet ein winziger Wicht,
Ein Zwerglein so zierlich mit Ampelen-Licht,
Mit Redner-Gebärden und Sprechergewicht,
Zum Fuß des ermüdeten Grafen,
Der, schläft er nicht, möcht' er doch schlafen.

Wir haben uns Feste hier oben erlaubt,
Seitdem du die Zimmer verlassen,
Und weil wir dich weit in der Ferne geglaubt;
So dachten wir eben zu prassen.
Und wenn du vergönnest und wenn dir nicht graut;
So schmausen die Zwerge, behaglich und laut,
Zu Ehren der reichen, der niedlichen Braut.
Der Graf, im Behagen des Traumes:
Bedienet euch immer des Raumes!

Da kommen drei Reiter, sie reiten hervor,
Die unter dem Bette gehalten;
Dann folget ein singendes, klingendes Chor
Possierlicher kleiner Gestalten;
Und Wagen auf Wagen mit allem Gerät,
Daß einem so Hören als Sehen vergeht,
Wie's nur in den Schlössern der Könige steht;
Zuletzt auf vergoldeten Wagen,
Die Braut und die Gäste getragen.

So rennet nun Alles in vollem Galopp
Und kürt sich im Saale sein Plätzchen.
Zum Drehen und Walzen und lustigen Hopp
Erkieset sich jeder ein Schätzchen.
Da pfeift es und geigt es und klinget und klirrt,
Da ringelt's und schleift es und rauschet und wirrt,
Da pispert's und knistert's und flisterts und schwirrt;
Das Gräflein, es blicket hinüber,
Es dünkt ihn, als läg' er im Fieber.

Nun dappelt's und rappelt's und klappert's im Saal,
Von Bänken und Stühlen und Tischen,
Da will nun ein jeder, am festlichen Mahl,
Sich neben dem Liebchen erfrischen,

Sie tragen die Würste, die Schinken so klein
Und Braten und Fisch und Geflügel herein;
Es kreiset beständig der köstliche Wein,
Das toset und koset so lange,
Verschwindet zuletzt mit Gesange.

—

Und sollen wir singen, was weiter geschehn;
So schweige das Toben und Tosen.
Denn was er, so artig, im Kleinen gesehn,
Erfuhr er, genoß er im Großen.
Trompeten und klingender, singender Schall,
Und Wagen und Reiter und bräutlicher Schwall,
Sie kommen und zeigen und neigen sich all,
Unzählige, selige Leute.
So ging es und geht es noch heute.

1802

GOETHE

RITTER CURTS BRAUTFAHRT

Mit des Bräutigams Behagen
Schwingt sich Ritter Curt auf's Roß.
Zu der Trauung soll's ihn tragen,
Auf der edlen Liebsten Schloß;
Als am öden Felsenorte
Drohend sich ein Gegner naht;
Ohne Zögern, ohne Worte
Schreiten sie zu rascher Tat.

Lange schwankt des Kampfes Welle,
Bis sich Curt im Siege freut;
Er entfernt sich von der Stelle,
Überwinder und gebläut.

Aber was er bald gewahret
In des Busches Zitterschein!
Mit dem Säugling still gepaaret
Schleicht ein Liebchen durch den Hain.

Und sie winkt ihn auf das Plätzchen:
Lieber Herr, nicht so geschwind!
Habt ihr nichts an euer Schätzchen?
Habt ihr nichts für euer Kind?
Ihn durchglühet süße Flamme,
Daß er nicht vorbei begehrt,
Und er findet nun die Amme,
Wie die Jungfrau, liebenswert.

Doch er hört die Diener blasen,
Denket nun der hohen Braut,
Und nun wird auf seinen Straßen
Jahresfest und Markt so laut,
Und er wählet in den Buden
Manches Pfand zu Lieb und Huld;
Aber ach! da kommen Juden
Mit dem Schein vertagter Schuld.

Und nun halten die Gerichte
Den behenden Ritter auf.
O! verteufelte Geschichte!
Heldenhafter Lebenslauf!
Soll ich heute mich gedulden?
Die Verlegenheit ist groß.
Widersacher, Weiber, Schulden,
Ach! kein Ritter wird sie los.

1803

GOETHE

WANDRER UND PÄCHTERIN

Er

Kannst du, schöne Pächtrin ohne gleichen
Unter dieser breiten Schattenlinde,
Wo ich Wandrer kurze Ruhe finde,
Labung mir, für Durst und Hunger, reichen?

Sie

Willst du Vielgereis'ter hier dich laben;
Sauren Rahm und Brot und reife Früchte,
Nur die ganz natürlichsten Gerichte,
Kannst du reichlich an der Quelle haben.

Er

Ist mir doch, ich müßte schon dich kennen,
Unvergeßne Zierde holder Stunden!
Ähnlichkeiten hab' ich oft gefunden;
Diese muß ich doch ein Wunder nennen.

Sie

Ohne Wunder findet sich, bei Wandrern,
Oft ein sehr erklärliches Erstaunen.
Ja, die Blonde gleichet oft der Braunen;
Eine reizet eben, wie die andern.

Er

Heute nicht, fürwahr, zum erstenmale
Hat mirs diese Bildung abgewonnen!
Damals war sie Sonne vieler Sonnen,
In dem festlich aufgeschmückten Saale.

Sie

Freut es dich, so kann es wohl geschehen,
Daß man deinen Märchenscherz vollende:
Purpurseide floß von ihrer Lende,
Da du sie zum erstenmal gesehen.

Er

Nein, fürwahr, das hast du nicht gedichtet!
Konnten Geister dir es offenbaren;
Von Juwelen hast du auch erfahren
Und von Perlen, die ihr Blick vernichtet.

Sie

Dieses Eine ward mir wohl vertrauet:
Daß die Schöne, schamhaft zu gestehen,
Und in Hoffnung, wieder dich zu sehen,
Manche Schlösser in die Luft erbauet.

Er

Trieben mich umher doch alle Winde!
Sucht' ich Ehr' und Geld auf jede Weise!
Doch gesegnet, wenn, am Schluß der Reise,
Ich das edle Bildnis wieder finde.

Sie

Nicht ein Bildnis, wirklich siehst du jene
Hohe Tochter des verdrängten Blutes;
Nun im Pachte des verlaßnen Gutes
Mit dem Bruder freuet sich Helene.

Er

Aber diese herrlichen Gefilde
Kann sie der Besitzer selbst vermeiden?

Reiche Felder, breite Wies' und Weiden,
Mächt'ge Quellen, süße Himmelsmilde.

Sie

Ist er doch in alle Welt entlaufen!
Wir Geschwister haben viel erworben.
Wenn der Gute, wie man sagt, gestorben,
Wollen wir das Hinterlaßne kaufen.

Er

Wohl zu kaufen ist es, meine Schöne!
Vom Besitzer hört' ich die Bedinge;
Doch der Preis ist keineswegs geringe,
Denn das letzte Wort, es ist: Helene!

Sie

Konnt' uns Glück und Höhe nicht vereinen!
Hat die Liebe diesen Weg genommen?
Doch ich seh' den wackren Bruder kommen;
Wenn er's hören wird, was kann er meinen?

1803

SCHILLER
DER GRAF VON HABSBURG

Zu Aachen in seiner Kaiserpracht
Im altertümlichen Saale
Saß König Rudolphs heilige Macht
  Beim festlichen Krönungsmahle.
Die Speisen trug der Pfalzgraf des Rheins,
Es schenkte der Böhme des perlenden Weins,
  Und alle die Wähler, die Sieben,
Wie der Sterne Chor um die Sonne sich stellt,

Umstanden geschäftig den Herrscher der Welt,
   Die Würde des Amtes zu üben.

Und rings erfüllte den hohen Balkon
   Das Volk in freudgem Gedränge,
Laut mischte sich in der Posaunen Ton
   Das jauchzende Rufen der Menge.
Denn geendigt nach langem verderblichen Streit
War die kaiserlose, die schreckliche Zeit,
   Und ein Richter war wieder auf Erden.
Nicht blind mehr waltet der eiserne Speer,
Nicht fürchtet der Schwache, der Friedliche mehr,
   Des Mächtigen Beute zu werden.

Und der Kaiser ergreift den goldnen Pokal,
   Und spricht mit zufriedenen Blicken:
Wohl glänzet das Fest, wohl pranget das Mahl
   Mein königlich Herz zu entzücken;
Doch den Sänger vermiß ich, den Bringer der Lust,
Der mit süßem Klang mir bewege die Brust
   Und mit göttlich erhabenen Lehren.
So hab ichs gehalten von Jugend an,
Und was ich als Ritter gepflegt und getan,
   Nicht will ichs als Kaiser entbehren.

Und sieh! in der Fürsten umgebenden Kreis
   Trat der Sänger im langen Talare,
Ihm glänzte die Locke silberweiß
   Gebleicht von der Fülle der Jahre.
»Süßer Wohllaut schläft in der Saiten Gold,
Der Sänger singt von der Minne Sold,
   Er preiset das Höchste, das Beste,
Was das Herz sich wünscht, was der Sinn begehrt,

Doch sage, was ist des Kaisers wert
　An seinem herrlichsten Feste?«

Nicht gebieten werd ich dem Sänger, spricht
　Der Herrscher mit lächelndem Munde,
Er steht in des größeren Herren Pflicht,
　Er gehorcht der gebietenden Stunde.
Wie in den Lüften der Sturmwind saust,
Man weiß nicht, von wannen er kommt und braust,
　Wie der Quell aus verborgenen Tiefen,
So des Sängers Lied aus dem Innern schallt
Und wecket der dunkeln Gefühle Gewalt,
　Die im Herzen wunderbar schliefen.

Und der Sänger rasch in die Saiten fällt
　Und beginnt sie mächtig zu schlagen:
»Aufs Waidwerk hinaus ritt ein edler Held,
　Den flüchtigen Gemsbock zu jagen.
Ihm folgte der Knapp mit dem Jägergeschoß,
Und als er auf seinem stattlichen Roß
　In eine Au kommt geritten,
Ein Glöcklein hört er erklingen fern,
Ein Priester wars mit dem Leib des Herrn,
　Voran kam der Mesner geschritten.«

»Und der Graf zur Erde sich neiget hin
　Das Haupt mit Demut entblößet,
Zu verehren mit glaubigem Christensinn
　Was alle Menschen erlöset.
Ein Bächlein aber rauschte durchs Feld,
Von des Gießbachs reißenden Fluten geschwellt,
　Das hemmte der Wanderer Tritte,
Und beiseit' legt jener das Sakrament,

Von den Füßen zieht er die Schuhe behend,
Damit er das Bächlein durchschritte.«

»Was schaffst du? redet der Graf ihn an,
Der ihn verwundert betrachtet.
Herr, ich walle zu einem sterbenden Mann,
Der nach der Himmelskost schmachtet.
Und da ich mich nahe des Baches Steg,
Da hat ihn der strömende Gießbach hinweg
Im Strudel der Wellen gerissen.
Drum daß dem Lechzenden werde sein Heil,
So will ich das Wässerlein jetzt in Eil
Durchwaten mit nackenden Füßen.«

»Da setzt ihn der Graf auf sein ritterlich Pferd,
Und reicht ihm die prächtigen Zäume,
Daß er labe den Kranken, der sein begehrt,
Und die heilige Pflicht nicht versäume.
Und er selber auf seines Knappen Tier
Vergnüget noch weiter des Jagens Begier,
Der andre die Reise vollführet,
Und am nächsten Morgen mit dankendem Blick
Da bringt er dem Grafen sein Roß zurück
Bescheiden im Zügel geführet.«

»Nicht wolle das Gott, rief mit Demutssinn
Der Graf, daß zum Streiten und Jagen
Das Roß ich beschritte fürderhin,
Das meinen Schöpfer getragen!
Und magst du's nicht haben zu eignem Gewinnst,
So bleib es gewidmet dem göttlichen Dienst,
Denn ich hab es dem ja gegeben,
Von dem ich Ehre und irdisches Gut

Zu Lehen trage und Leib und Blut
  Und Seele und Atem und Leben.«

»So mög euch Gott, der allmächtige Hort,
  Der das Flehen der Schwachen erhöret,
Zu Ehren euch bringen hier und dort
  So wie ihr jetzt ihn geehret.
Ihr seid ein mächtiger Graf, bekannt
Durch ritterlich Walten im Schweizerland,
  Euch blühn sechs liebliche Töchter.
So mögen sie, rief er begeistert aus,
Sechs Kronen euch bringen in euer Haus
  Und glänzen die spätsten Geschlechter!«

Und mit sinnendem Haupt saß der Kaiser da,
  Als dächt er vergangener Zeiten,
Jetzt, da er dem Sänger ins Auge sah,
  Da ergreift ihn der Worte Bedeuten.
Die Züge des Priesters erkennt er schnell,
Und verbirgt der Tränen stürzenden Quell
  In des Mantels purpurnen Falten.
Und alles blickte den Kaiser an,
Und erkannte den Grafen, der das getan,
  Und verehrte das göttliche Walten.

1803

SCHILLER
DER ALPENJÄGER

Willst du nicht das Lämmlein hüten?
  Lämmlein ist so fromm und sanft,
Nährt sich von des Grases Blüten,
  Spielend an des Baches Ranft? –

»Mutter, Mutter laß mich gehen
Jagen nach des Berges Höhen.«

Willst du nicht die Herde locken
   Mit des Hornes munterm Klang?
Lieblich tönt der Schall der Glocken
   In des Waldes Lustgesang.
»Mutter, Mutter laß mich gehen
Schweifen auf den wilden Höhen!«

Willst du nicht der Blümlein warten,
   Die im Beete freundlich stehn?
Draußen ladet dich kein Garten,
   Wild ists auf den wilden Höh'n!
»Laß die Blümlein, laß sie blühen,
Mutter, Mutter laß mich ziehen!«

Und der Knabe ging zu jagen,
   Und es treibt und reißt ihn fort,
Rastlos fort, mit blindem Wagen,
   An des Berges finstern Ort,
Vor ihm her mit Windesschnelle
Flieht die zitternde Gazelle.

Auf der Felsen nackte Rippen
   Klettert sie mit leichtem Schwung,
Durch den Riß gespaltner Klippen
   Trägt sie der gewagte Sprung,
Aber hinter ihr verwogen
Folgt er mit dem Todesbogen.

Jetzo auf den schroffen Zinken
   Hängt sie, auf dem steilen Grat,
Wo die Felsen jäh versinken,

Und verschwunden ist der Pfad,
Unter sich die steile Höhe,
Hinter sich des Feindes Nähe!

Mit des Jammers stummen Blicken
Fleht sie zu dem harten Mann –
Fleht umsonst! denn loszudrücken
Legt er schon den Bogen an,
Plötzlich aus der Felsenspalte
Tritt der Geist, der Bergesalte.

Und mit seinen Götterhänden
Schützt er das gequälte Tier:
»Mußt du Tod und Jammer senden,
Ruft er, bis herauf zu mir?
Raum für alle hat die Erde,
Was verfolgst du meine Herde?«
1804

GOETHE

WIRKUNG IN DIE FERNE

Die Königin steht im hohen Saal,
Da brennen der Kerzen so viele;
Sie spricht zum Pagen: »Du läufst einmal
Und holst mir den Beutel zum Spiele.
Er liegt zur Hand
Auf meines Tisches Rand.«
Der Knabe der eilt so behende,
War bald an Schlosses Ende.

Und neben der Königin schlürft zur Stund
Sorbet die schönste der Frauen.

Da brach ihr die Tasse so hart an dem Mund,
Es war ein Gräuel zu schauen.
Verlegenheit! Scham!
Ums Prachtkleid ist's getan!
Sie eilt und fliegt so behende
Entgegen des Schlosses Ende.

Der Knabe zurück zu laufen kam
Entgegen der Schönen in Schmerzen.
Es wußt' es Niemand, doch beide zusamm',
Sie hegten einander im Herzen;
Und o des Glücks!
Des günst'gen Geschicks!
Sie warfen mit Brust sich zu Brüsten
Und herzten und küßten nach Lüsten.

Doch endlich Beide sich reißen los;
Sie eilt in ihre Gemächer;
Der Page drängt sich zur Königin groß
Durch alle die Degen und Fächer.
Die Fürstin entdeckt
Das Westchen befleckt:
Für sie war nichts unerreichbar,
Der Königin von Saba vergleichbar.

Und sie die Hofmeisterin rufen läßt:
»Wir kamen doch neulich zu Streite,
Und ihr behauptetet steif und fest,
Nicht reiche der Geist in die Weite;
Die Gegenwart nur
Die lasse wohl Spur;
Doch Niemand wirk' in die Ferne,
Sogar nicht die himmlischen Sterne.

Nun seht! So eben ward mir zur Seit'
Der geistige Süßtrank verschüttet,
Und gleich darauf hat er dort hinten so weit
Dem Knaben die Weste zerrüttet. –
Besorg dir sie neu!
Und weil ich mich freu',
Daß sie mir zum Beweise gegolten,
Ich zahl' sie! sonst wirst du gescholten.«

1808

GOETHE

DIE WANDELNDE GLOCKE

Es war ein Kind, das wollte nie
Zur Kirche sich bequemen
Und Sonntags fand es stets ein Wie,
Den Weg in's Feld zu nehmen.

Die Mutter sprach: Die Glocke tönt,
Und so ist dir's befohlen
Und hast du dich nicht hingewöhnt,
Sie kommt und wird dich holen.

Das Kind es denkt: die Glocke hängt
Da droben auf dem Stuhle.
Schon hat's den Weg ins Feld gelenkt
Als lief es aus der Schule.

Die Glocke Glocke tönt nicht mehr,
Die Mutter hat gefackelt.
Doch welch ein Schrecken! hinterher
Die Glocke kommt gewackelt.

Sie wackelt schnell, man glaubt es kaum,
Das arme Kind im Schrecken
Es lauft, es kommt, als wie im Traum;
Die Glocke wird es decken.

Doch nimmt es richtig seinen Husch
Und mit gewandter Schnelle
Eilt es durch Anger Feld und Busch
Zur Kirche, zur Kapelle.

Und jeden Sonn- und Feiertag
Gedenkt es an den Schaden,
Läßt durch den ersten Glockenschlag,
Nicht in Person sich laden.

1813

GOETHE

DER GETREUE ECKART

O wären wir weiter, o wär ich zu Haus!
Sie kommen. Da kommt schon der nächtliche Graus.
Sie sind's die unholdigen Schwestern.
Sie streifen heran und sie finden uns hier,
Sie trinken das mühsam geholte das Bier,
und lassen nur leer uns die Krüge.

So sprechen die Kinder und drücken sich schnell,
Da zeigt sich vor ihnen ein alter Gesell:
Nur stille, Kind! Kinderlein, stille!
Die Hulden sie kommen von durstiger Jagd
Und laßt ihr sie trinken wie's jeder behagt,
Dann sind sie euch hold die Unholden.

Gesagt so geschehn! und da naht sich der Graus
Und siehet so grau und so schattenhaft aus,
Doch schlürft es und schlampft es auf's beste.
Das Bier ist verschwunden, die Krüge sind leer;
Nun saus't es und braus't es, das wütige Heer,
In's weite Getal und Gebirge.

Die Kinderlein ängstlich gen Hause so schnell,
Gesellt sich zu ihnen der fromme Gesell:
Ihr Püppchen, nur seid mir nicht traurig. –
Wir kriegen nun Schelten und Streich' bis auf's Blut. –
Nein keineswegs, alles geht herrlich und gut,
Nur schweiget und horchet wie Mäuslein.

Und der es euch anrät und der es befiehlt,
Er ist es, der gern mit den Kindern spielt,
Der alte Getreue, der Eckart.
Vom Wundermann hat man euch immer erzählt;
Nur hat die Bestätigung jedem gefehlt,
Die habt ihr nun köstlich in Händen.

Sie kommen nach Hause, sie setzen den Krug
Ein jedes den Eltern bescheiden genug
Und harren der Schläg' und der Schelten.
Doch siehe man kostet: Ein herrliches Bier!
Man trinkt in die Runde schon dreimal und vier
Und noch nimmt der Krug nicht ein Ende.

Das Wunder es dauert zum morgenden Tag;
Doch fraget wer immer zu fragen vermag:
Wie ist's mit den Krügen ergangen?
Die Mäuslein sie lächeln, im Stillen ergetzt;
Sie stammeln und stottern und schwatzen zuletzt,
Und gleich sind vertrocknet die Krüge.

Und wenn euch, ihr Kinder, mit treuem Gesicht
Ein Vater, ein Lehrer, ein Aldermann spricht,
So horchet und folget ihm pünktlich!
Und liegt auch das Zünglein in peinlicher Hut,
Verplaudern ist schädlich, verschweigen ist gut;
Dann füllt sich das Bier in den Krügen.

1813

GOETHE

DER TOTENTANZ

Der Türmer der schaut zu Mitten der Nacht
Hinab auf die Gräber in Lage;
Der Mond der hat alles in's Helle gebracht;
Der Kirchhof er liegt wie am Tage.
Da regt sich ein Grab und ein anderes dann:
Sie kommen hervor, ein Weib da, ein Mann
In weißen und schleppenden Hemden.

Das reckt nun, es will sich ergetzen sogleich,
Die Knöchel zur Runde, zum Kranze,
So arm und so jung, und so alt und so reich;
Doch hindern die Schleppen am Tanze.
Und weil hier die Scham nun nicht weiter gebeut,
Sie schütteln sich alle, da liegen zerstreut
Die Hemdelein über den Hügeln.

Nun hebt sich der Schenkel, nun wackelt das Bein,
Gebärden da gibt es vertrackte;
Dann klippert's und klappert's mitunter hinein,
Als schlüg' man die Hölzlein zum Takte.
Das kommt nun dem Türmer so lächerlich vor;
Da raunt ihm der Schalk, der Versucher in's Ohr:
Geh! hole dir einen der Laken.

Getan wie gedacht! und er flüchtet sich schnell
Nun hinter geheiligten Türen.
Der Mond und noch immer er scheinet so hell
Zum Tanz, den sie schauderlich führen.
Doch endlich verlieret sich dieser und der,
Schleicht eins nach dem andern gekleidet einher
Und husch ist es unter dem Rasen.

Nur einer der trippelt und stolpert zuletzt
Und tappet und grapst an den Grüften;
Doch hat kein Geselle so schwer ihn verletzt;
Er wittert das Tuch in den Lüften.
Er rüttelt die Turmtür, sie schlägt ihn zurück
Geziert und gesegnet, dem Türmer zum Glück;
Sie blinkt von metallenen Kreuzen.

Das Hemd muß er haben, da rastet er nicht,
Da gilt auch kein langes Besinnen,
Den gotischen Zierat ergreift nun der Wicht
Und klettert von Zinne zu Zinnen.
Nun ist's um den armen, den Türmer getan!
Es ruckt sich von Schnörkel zu Schnörkel hinan,
Langbeinigen Spinnen vergleichbar.

Der Türmer erbleichet, der Türmer erbebt,
Gern gäb' er ihn wieder, den Laken.
Da häckelt – jetzt hat er am längsten gelebt –
Den Zipfel ein eiserner Zacken.
Schon trübet der Mond sich, verschwindenden Scheins,
Die Glocke sie donnert ein mächtiges Eins
Und unten zerschellt das Gerippe.

1813

GOETHE

BALLADE

Herein, o du Guter! du Alter herein!
Hier unten im Saale da sind wir allein,
Wir wollen die Pforte verschließen.
Die Mutter sie betet, der Vater im Hain
Ist gangen die Wölfe zu schießen.
O sing uns ein Märchen, o sing es uns oft,
Daß ich und der Bruder es lerne;
Wir haben schon längst einen Sänger gehofft,
Die Kinder sie hören es gerne.

Im nächtlichen Schrecken, im feindlichen Graus
Verläßt er das hohe, das herrliche Haus,
Die Schätze die hat er vergraben.
Der Graf nun so eilig zum Pförtchen hinaus,
Was mag er im Arme denn haben?
Was birget er unter dem Mantel geschwind?
Was trägt er so rasch in die Ferne?
Ein Töchterlein ist es, da schläft nun das Kind. –
Die Kinder sie hören es gerne.

Nun hellt sich der Morgen, die Welt ist so weit,
In Tälern und Wäldern die Wohnung bereit,
In Dörfern erquickt man den Sänger,
So schreitet und heischt er undenkliche Zeit,
Der Bart wächst ihm länger und länger;
Doch wächst in dem Arme das liebliche Kind,
Wie unter dem glücklichsten Sterne,
Geschützt in dem Mantel vor Regen und Wind –
Die Kinder sie hören es gerne.

Und immer sind weiter die Jahre gerückt,
Der Mantel entfärbt sich, der Mantel zerstückt,
Er könnte sie länger nicht fassen.
Der Vater er schaut sie, wie ist er beglückt!
Er kann sich für Freude nicht lassen;
So schön und so edel erscheint sie zugleich,
Entsprossen aus tüchtigem Kerne,
Wie macht sie den Vater, den teuren, so reich! –
Die Kinder sie hören es gerne.

Da reitet ein fürstlicher Ritter heran,
Sie recket die Hand aus, der Gabe zu nahn,
Almosen will er nicht geben.
Er fasset das Händchen so kräftiglich an:
Die will ich, so ruft er, auf's Leben!
Erkennst du, erwidert der Alte, den Schatz,
Erhebst du zur Fürstin sie gerne;
Sie sei dir verlobet auf grünendem Platz –
Die Kinder sie hören es gerne.

Sie segnet der Priester am heiligen Ort,
Mit Lust und mit Unlust nun ziehet sie fort,
Sie möchte vom Vater nicht scheiden.
Der Alte er wandelt nun hier und bald dort,
Er träget in Freuden sein Leiden.
So hab' ich mir Jahre die Tochter gedacht,
Die Enkelein wohl in der Ferne;
Sie segn' ich bei Tage, sie segn' ich bei Nacht –
Die Kinder sie hören es gerne.

Er segnet die Kinder; da poltert's am Tor,
Der Vater da ist er! Sie springen hervor,
Sie können den Alten nicht bergen –
Was lockst du die Kinder! du Bettler! du Tor!

Ergreift ihn, ihr eisernen Schergen!
Zum tiefsten Verlies den Verwegenen fort!
Die Mutter vernimmt's in der Ferne,
Sie eilet, sie bittet mit schmeichelndem Wort –
Die Kinder sie hören es gerne.

Die Schergen sie lassen den Würdigen stehn,
Und Mutter und Kinder sie bitten so schön;
Der fürstliche Stolze verbeißet
Die grimmige Wut, ihn entrüstet das Flehn,
Bis endlich sein Schweigen zerreißet:
Du niedrige Brut! du vom Bettlergeschlecht!
Verfinsterung fürstlicher Sterne!
Ihr bringt mir Verderben! Geschieht mir doch Recht –
Die Kinder sie hören's nicht gerne.

Noch stehet der Alte mit herrlichem Blick,
Die eisernen Schergen sie treten zurück,
Es wächst nur das Toben und Wüten.
Schon lange verflucht' ich mein ehliches Glück,
Das sind nun die Früchte der Blüten!
Man leugnete stets, und man leugnet mit Recht,
Daß je sich der Adel erlerne,
Die Bettlerin zeugte mir Bettlergeschlecht –
Die Kinder sie hören's nicht gerne.

Und wenn euch der Gatte, der Vater verstößt;
Die heiligsten Bande verwegentlich löst;
So kommt zu dem Vater, dem Ahnen!
Der Bettler vermag, so ergraut und entblößt,
Euch herrliche Wege zu bahnen.
Die Burg ist die meine! Du hast sie geraubt,
Mich trieb dein Geschlecht in die Ferne;
Wohl bin ich mit köstlichen Siegeln beglaubt! –
Die Kinder sie hören es gerne.

Rechtmäßiger König er kehret zurück,
Den Treuen verleiht er entwendetes Glück,
Ich löse die Siegel der Schätze.
So rufet der Alte mit freundlichem Blick:
Euch künd' ich die milden Gesetze.
Erhole dich, Sohn! Es entwickelt sich gut,
Heut einen sich selige Sterne,
Die Fürstin sie zeugte dir fürstliches Blut –
Die Kinder sie hören es gerne.

1817

GOETHE

PARIA

Des Paria Gebet

Großer Brama, Herr der Mächte!
Alles ist von deinem Samen,
Und so bist du der Gerechte!
Hast du denn allein die Bramen,
Nur die Rajas und die Reichen,
Hast du sie allein geschaffen?
Oder bist auch du's, der Affen
Werden ließ und unseres Gleichen?

Edel sind wir nicht zu nennen:
Denn das Schlechte das gehört uns,
Und was Andre tödlich kennen
Das alleine das vermehrt uns.
Mag dies für die Menschen gelten,
Mögen sie uns doch verachten;
Aber du, du sollst uns achten,
Denn du könntest alle schelten.

Also Herr, nach diesem Flehen,
Segne mich zu deinem Kinde;
Oder Eines laß entstehen,
Das auch mich mit dir verbinde!
Denn du hast den Bajaderen
Eine Göttin selbst erhoben;
Auch wir andern, dich zu loben,
Wollen solch ein Wunder hören.

Legende

Wasser holen geht die reine,
Schöne Frau des hohen Bramen,
Des verehrten, fehlerlosen,
Ernstester Gerechtigkeit.
Täglich von dem heiligen Flusse
Holt sie köstlichstes Erquicken; –
Aber wo ist Krug und Eimer?
Sie bedarf derselben nicht.
Seligem Herzen, frommen Händen
Ballt sich die bewegte Welle
Herrlich zu kristallner Kugel;
Diese trägt sie, frohen Busens,
Reiner Sitte, holden Wandelns,
Vor den Gatten in das Haus.

Heute kommt die morgendliche
Im Gebet zu Ganges Fluten,
Beugt sich zu der klaren Fläche –
Plötzlich überraschend spiegelt
Aus des höchsten Himmels Breiten
Über ihr vorübereilend
Allerlieblichste Gestalt
Hehren Jünglings, den des Gottes

Uranfänglich schönes Denken
Aus dem ew'gen Busen schuf;
Solchen schauend fühlt ergriffen
Von verwirrenden Gefühlen
Sie das innere tiefste Leben,
Will verharren in dem Anschaun,
Weis't es weg, da kehrt es wieder
Und verworren strebt sie flutwärts,
Mit unsichrer Hand zu schöpfen;
Aber ach! sie schöpft nicht mehr!
Denn des Wassers heilige Welle
Scheint zu fliehn, sich zu entfernen,
Sie erblickt nur hohler Wirbel
Grause Tiefen unter sich.

Arme sinken, Tritte straucheln,
Ist's denn auch der Pfad nach Hause?
Soll sie zaudern? soll sie fliehen?
Will sie denken, wo Gedanke,
Rat und Hülfe gleich versagt? –
Und so tritt sie vor den Gatten;
Er erblickt sie, Blick ist Urteil,
Hohen Sinns ergreift das Schwert er,
Schleppt sie zu dem Totenhügel
Wo Verbrecher büßend bluten.
Wüßte sie zu widerstreben?
Wüßte sie sich zu entschuld'gen,
Schuldig, keiner Schuld bewußt?

Und er kehrt mit blutigem Schwerte
Sinnend zu der stillen Wohnung;
Da entgegnet ihm der Sohn:
»Wessen Blut ist's? Vater! Vater!« –
Der Verbrecherin! – »Mit nichten!

Denn es starret nicht am Schwerte
Wie verbrecherische Tropfen;
Fließt wie aus der Wunde frisch.
Mutter, Mutter! tritt heraus her!
Ungerecht war nie der Vater,
Sage was er jetzt verübt.« –
Schweige! Schweige! 's ist das ihre! –
»Wessen ist es?« – Schweige! Schweige! –
»Wäre meiner Mutter Blut!!!
Was geschehen? was verschuldet?
Her das Schwert! ergriffen hab' ich's;
Deine Gattin magst du töten,
Aber meine Mutter nicht!
In die Flammen folgt die Gattin
Ihrem einzig Angetrauten,
Seiner einzig teuren Mutter
Ist das Schwert der treue Sohn.«

Halt, o halte! rief der Vater,
Noch ist Raum, enteil', enteile!
Füge Haupt dem Rumpfe wieder,
Du berührest mit dem Schwerte
Und lebendig folgt sie dir.

Eilend, atemlos erblickt er
Staunend zweier Frauen Körper
Überkreuzt und so die Häupter;
Welch Entsetzen! welche Wahl!
Dann der Mutter Haupt erfaßt er,
Küßt es nicht, das tot erblaßte
Auf des nächsten Rumpfes Lücke
Setzt er's eilig, mit dem Schwerte
Segnet er das fromme Werk.

Aufersteht ein Riesenbildnis. –
Von der Mutter teuren Lippen,
Göttlich-unverändert-süßen,
Tönt das grausenvolle Wort:
Sohn, o Sohn! Welch Übereilen!

Deiner Mutter Leichnam dorten,
Neben ihm das freche Haupt
Der Verbrecherin, des Opfers
Waltender Gerechtigkeit!
Mich nun hast du ihrem Körper
Eingeimpft auf ewige Tage;
Weisen Wollens, wilden Handelns
Werd' ich unter Göttern sein.
Ja des Himmelsknaben Bildnis
Webt so schön vor Stirn und Auge;
Senkt sich's in das Herz herunter,
Regt es tolle Wutbegier.

Immer wird es wieder kehren,
Immer steigen, immer sinken,
Sich verdüstern, sich verklären,
So hat Brama dies gewollt.
Er gebot ja buntem Fittig,
Klarem Antlitz, schlanken Gliedern,
Göttlich-einzigem Erscheinen
Mich zu prüfen, zu verführen;
Denn von oben kommt Verführung,
Wenn's den Göttern so beliebt.
Und so soll ich die Bramane,
Mit dem Haupt im Himmel weilend,
Fühlen Paria dieser Erde
Niederziehende Gewalt.

Sohn, ich sende dich dem Vater!
Tröste! – Nicht ein traurig Büßen,
Stumpfes Harren, stolz Verdienen
Halt!' euch in der Wildnis fest;
Wandert aus durch alle Welten,
Wandelt hin durch alle Zeiten
Und verkündet auch Geringstem:
Daß ihn Brama droben hört!

Ihm ist keiner der Geringste –
Wer sich mit gelähmten Gliedern,
Sich mit wild zerstörtem Geiste,
Düster ohne Hülf' und Rettung,
Sei er Brama, sei er Paria,
Mit dem Blick nach oben kehrt,
Wird's empfinden, wird's erfahren:
Dort erglühen tausend Augen,
Ruhend lauschen tausend Ohren,
Denen nichts verborgen bleibt.

Heb' ich mich zu seinem Throne,
Schaut er mich die Grausenhafte
Die er gräßlich umgeschaffen,
Muß er ewig mich bejammern,
Euch zu Gute komme das.
Und ich werd' ihn freundlich mahnen
Und ich werd' ihm wütend sagen,
Wie es mir der Sinn gebietet,
Wie es mir im Busen schwellet.
Was ich denke, was ich fühle –
Ein Geheimnis bleibe das.

Dank des Paria

Großer Brama! nun erkenn' ich,
Daß du Schöpfer bist der Welten!
Dich als meinen Herrscher nenn' ich,
Denn du lässest alle gelten.

Und verschließest auch dem Letzten
Keines von den tausend Ohren;
Uns, die tief herabgesetzten,
Alle hast du neu geboren.

Wendet euch zu dieser Frauen,
Die der Schmerz zur Göttin wandelt,
Nun beharr' ich anzuschauen
Den, der einzig wirkt und handelt.

1823

ANHANG

Von Goethe 1771 im Elsaß gesammelte Volksballaden

Es reit der Herr von Falckenstein,
Wohl über ein' breite Haide.
Was sieht er an dem Weege stehn?
Ein Maidel mit weissem Kleide.

Wohin wonaus du schöne Magd?
Was machen ihr hier alleine,
Wollen ihr die Nacht mein Schlafbule seyn,
So reiten ihr mit mir heime.

Mit euch heimreiten das thu ich nicht,
Kann euch doch nicht erkennen.
Ich binn der Herr von Falckenstein,
Und thu mich selber nennen.

Seyd ihr der Herr von Falckenstein,
Derselbe edle Herre,
So will ich euch beten um 'en Gefangnen mein,
Den will ich haben zur Ehe.

Den Gefangnen mein den geb ich dir nicht,
Im Turn muss er verfaulen;
Zu Falckenstein steht ein tiefer Turn,
Wohl zwischen zwo hohen Mauern.

Steht zu Falckenstein ein tiefer Turn,
Wohl zwischen zwey hohen Mauern;
So will ich an die Mauern stehn,
Und will ihm helfen trauern.

Sie ging den Turm wohl um und wieder um,
Feinslieb bist du darinnen?

Und wenn ich dich nicht sehen kann,
So komm ich von meinen Sinnen.

Sie ging den Turm wohl um und wieder um,
Den Turn wollt sie aufschliessen.
Und wenn die Nacht ein Jahr lang wär,
Keine Stund thät mich verdriessen.

Ey, dürfft ich scharfe Messer tragen,
Wie unsers Herrn sein Knechten
So thät ich mi'm Herrn von Falck⟨enstein⟩
Um meinen Herzliebsten fechten.

Mit einer Jungfrau fecht ich nicht,
Das wär mir immer ein Schande,
Ich will dir deinen Gefangenen geben.
Zieh mit ihm aus dem Lande.

Wohl aus dem Land da zieh ich nicht,
Hab niemand was gestohlen,
Und wenn ich was hab liegen lahn
So darf ich's wieder holen.

DAS LIED VOM PFALZGRAFEN

Es fuhr ein Fuhrknecht über den Rhein,
Er kehrt beym iungen Pfalzgrafen ein.

Gott grüs dich Pfalzgr⟨af⟩ hübsch und fein,
Wo hast dein adlich Schwesterlein.

Was hast du nach meiner Schwester zu frag'n,
Sie ist dir viel zu adelich.

Soll sie mir viel zu adlich seyn
Sie hat führwahr ein Kindlein klein.

Hat sie fürwahr ein Kindlein klein,
So soll sie nimmer mein Schwester seyn.

Es stund nicht länger als drey Tag an,
Die iunge Gräfinn gefahren kam.

Als nun die Gräfinn gefahren kam,
Der iung Graf ihr entgegen sprang.

Gott grüs dich Schwester hübsch u. fein,
Wo hast dein artlich Kindlein klein.

Hier fehlt die Strophe worinn sie das Kind ableugnet.

Er nimmt sie an ihrer schneeweisen Hand,
Und führt sie nach Holland zu dem Tanz.

Er tanzt am Winter die lange Nacht,
Biss dass ihr die Milch zur Brust naus brach.

Ach Bruder hör auf denn es ist gnug
Daheime weint mein Fleisch und Blut.

Er nimmt sie an ihrem schneeweisen Arm,
Und führt sie in die Kammer. Dass Gott erbarm.

Er tritt sie am Winter die lange Nacht,
Biss dass man Lung und Leber sah.

Ach Bruder hör auf dann es ist gnug
Es gehört dem König von Engl⟨and⟩ zu.

Ach Schwester hättst du mirs eh gesagt,
Es wär mir ein lieber Schwager gewest.

Es stund kein halbviertel Jahr mehr an,
Der König von Engl⟨and⟩ geritten kam.

Gott grüs dich Pfalzgr⟨af⟩ hübsch u. fein
Wo hast dein adlich Schwesterlein.

Was hast nach meiner Schwester zu fragen,
Sie ist ietzt todt lebt nimmermehr.

Ist sie ietzt todt lebt nimmer mehr,
So hast du sie ums Leben bracht.

Was zog er aus? sein glitzrig Schwerdt,
Er stach's dem Pfalzgraf durch sein Herz.

Gelt Pfalzgr⟨af⟩ gelt ietzt hast dein Lohn,
Warum hast deine Schwester nicht leben lohn.

Er nahm das Kind wohl auf den Arm
Jetzt haben wir keine Mutter, dass Gott erbarm.

Er wiegt das Kindlein in süsse Ruh,
Und ritt mit ihm nach England zu.

DAS LIED VOM IUNGEN GRAFEN

Ich steh auf einem hohen Berg,
Seh runter in's tiefe Tahl;
Da sah ich ein Schifflein schweben,
Darinn drey Grafen sass'n.

Der alleriüngst der drunter war
Die in dem Schifflein sassn,
Der gebot seiner Liebe zu trincken
Aus einem Venedischen Glas*.

Was giebst mir lang zu trincken
Was schenckst du mir lang ein
Ich will ietzt in ein Kloster gehn,
Will Gottes Dienerinn seyn.

Willst du ietzt in ein Kloster gehn,
Willst Gottes Dienrinn seyn.
So geh in Gottes Nahmen
Deins gleichen giebts noch mehr.

Und als es war um Mitternacht,
Dem iung Graf träumts so schweer,
Dass sein Herz allerliebster Schatz
Ins Kloster gezogen wär.

Auf Knecht steh auf und tummle dich,
Sattl' unser beyde Pferd,
Wir wollen reiten 'sey Tag oder Nacht,
Die Lieb ist reitenswehrt.

Und da sie vor ienes Kloster kamen,
Wohl vor das hohe Tohr,
Fragt er nach iüngster Nonnen,
Die in dem Kloster war.

Das Nünngen kam gegangen,
In einem schneeweissen Kleid,

* nach der Tradition ein Glas das den Tranck vergifftete.

Ihr Härl war abgeschnitten,
Ihr rother Mund war bleich.

Der Knab er setzt sich nieder,
Er sass auf einem Stein,
Er weint die hellen Tränen
Brach ihm sein Herz entzwey.

So solls den stolzen Knaben gehn
Die trachten nach grosem Gut.
Nimm einer ein schwarzbraun Maidelein,
Wie's ihm gefallen thut.

DAS LIED VOM EIFERSÜCHTIGEN KNABEN

Es stehen drey Sternen am Himmel
Die geben der Lieb {einen / ihren} Schein.
Gott grüs euch schönes Jungfräulein,
Wo bind ich mein Rösselein hin.

»Nimm du es dein Rösslein beym Zügel beym Zaum,
Binds an es den Feigenbaum.
Setz dich es ein Kleineweil nieder,
Und mach mir ein kleine Kurzweil.«

Ich kann es und mag es nicht sitzen
Mag auch nicht lustig seyn.
Mein Herzel ist mir betrübet
Feinslieb vonwegen dein.

Was zog er aus der Taschen?
Ein Messer war scharf u. spitz,
Er stachs seiner Liebe durchs Herze
Dass rothe Blut gegen ihn spritzt.

Und da er's wieder herauser zog
Von Blut war es so roth.
Ach reicher Gott vom Himmel
Wie bitter wird mir es der Todt.

Was zog er ihr abe vom Finger
Ein rothes Goldringelein,
Er warf's in fliessig Wasser
Es gab seinen klaren Schein

Schwimm hin schwimm her Goldringelein,
Bis an den tiefen See.
Mein Feinslieb ist mir gestorben
Jetzt hab ich kein Feinslieb mehr.

So gehts wenn ein Maidel zwey Knaben lieb hat,
Thut wunderselten gut.
Das haben wir beyde erfahren
Was falsche Liebe tuht.

DAS LIED VOM HERREN UND DER MAGD

Es war einmal ein edler Herr
Der hatt eine Magd gar schöne
Die spielten beyde ein halbes Jahr
Das Maidel ging gros schwanger.

Ach Herr, ach Herr ach edler Herr,
Von euch binn ich gros schwanger.
*
*

Seyd still, seyd still mein Töchterlein,
Der Reden seyd ihr stille.
Ich will dir Hänsgen den Stallknecht geben,
Dazu fünfhundert Gulden.

Hänsgen den Stallknecht mag ich nicht,
Gebt mir fünfhundert Gulden.
Ich will noch heut nach Werthelstein
Zu meiner lieb Frau Mutter.

Und als ich kam nach Werthelstein
Wohl auf die steinerne Brucken
Da kam mir die Liebe Mutter mein
Entgegen auf der Brucken.

Ach Tochter, liebe Tochter mein
Wie ist es dir ergangen,
Daß dir dein Röcklein vorn zu kurz
Und hinten viel zu lange.

Seyd still, seyd still liebe Mutter mein.
Der Reden seyd ihr stille.
Dass es kein Mensch erfahren tuht,
Sonst ist es mir gros Schande.

Seyd still, seyd still liebe Tochter mein,
Der Reden seyd ihr stille.
Wenn wir das Kindlein gebohren han
So wollen mir's lernen schwimmen.

Seyd still, seyd still liebe Mutter mein.
Der Reden seyd ihr stille
Wir schickens dem rechten Vater heim,
So bleiben wir im Lande.

Gebt mir Papier und eine Feder
Ein Brieflein will ich schreiben.
Macht mir ein Bettlein von Sammt und Seide,
Den Todt will ich drauf leiden.

Als er das Brieflein empfangen hat,
Geben ihm die Augen Wasser.
Ach Hänsgen lieber Stallknecht mein,
Sattel mir geschwind mein Pferde.

Ich muss noch heut nach Wertelstein
Zu meiner allerliebsten.
Er flog wohl über Stock und Stiel
Wie Vögel unterm Himmel.

Und als er kam nach Wertelstein,
Wohl auf die grüne Haide
Begegnen ihm die Todtenträger
Mit einer Todtenleiche.

Halt still, halt still ihr Todtenträher
Lasst mich die Leich beschauen.
Er hub den Ladendeckel auf,
Und schaut ihr unter die Augen.

Er zog ein Messer aus seinem Sack
Und stach sich selber in's Herze,
Hast du gelitten den bittern Todt
So will ich leiden Schmerzen.

Es werbt ein iunger Grafen Sohn
Um's Königs seine Tochter.
Er werbt drey Tag und sieben Jahr
Und konnt sie nicht erfreyen.

Und da die sieben Jahr ummer waren,
Ein Brieflein thut sie schreiben.
Leg du dir weibisch Kleiderlein an
Flecht dir dein Haar in Seide.

Er reit vor seiner Schwester Tühr
Schwester bist du darinne.
Ach leih mir deinen braun seidenen Rock,
Flecht mir mein Haar in Seide.

Sie legt sich's aus und ziehts ihm an
Flecht ihm sein Haar in Seide
Sie legt ihm ein silber Gesteck-Messerle dran
Er reit wohl über grün Haide.

Und da er auf die Haid 'naus kam,
Gar höflich thät sie singen,
Da war der Herr König und auch sein Kind
In einem hohen Zimmer.

Ach Papa, lieber Papa mein,
Wer kann so höflich singen?
Es singet fürwahr eine schöne Jungfrau,
Dass durch die Berge tuht dringen.

Lass du sie nur reiten, lass du sie nur gehn,
Sie reit auf rechter Strassen

Und wenn sie heimkommt vor unser Schloss Tohr,
Zum Stallknecht muss sie schlaffen.

Ach Papa lieber Papa mein,
Das wär uns beyden ein Schande,
Es schickt so mancher edle Herr
Sein Kind in fremde Lande.

Da es nun war am Abend spat
Vor die Schlosstühr kam sie geritten
Sie klopft mit ihrem Goldringelein an.
Feinslieb bist du darinne.

Und da sie in das Schloss nein kam,
Der König thät sie gleich fragen.
Sey du uns willkommen du schöne Jungfrau,
Oder hast du es ein Manne.

Ich hab es kein Mann, und will es kein Mann,
Ein Jungfer will ich bleiben,
Und wenn ich bey seiner Tochter es wär,
Die Zeit thät sie mir vertreiben.

Hast du es kein Mann, und willst es kein Mann,
Willst du ein Jungfer bleiben,
So must du bey meiner Tochter schlafen
Ihr Bett ist klare Seiden.

Und da es war um Mitternacht
Dem König träumts so schweere,
Dass es fürwahr ein schön iung Knab,
Bey seiner Tochter wär.

Der König und der war ein artlicher Herr,
Bald thät er ein Licht anzünden.
Er ging von Bett biss wieder zu Bett,
Biss dass er die zwey thät finden.

Ach Papa lieber Papa mein
Lass uns nur beyde gewähren
Gott ernährt so manchen Vogel in der Lufft
Er wird uns auch ernähren.

DAS LIED VOM ZIMMERGESELLEN

Es war einmal ein Zimmergesell,
War gar ein iunges Blut,
Er baute dem iungen Marckgrafen ein Haus,
Fünfhundert sechs Läden daran.

Und wie das Haus gebauet war
Legt er sich drunter und schlieff.
Da kam des iungen Marckgrafen sein Weib
Zum zweiten zum drittenmal rief.

Steh auf steh auf gut Zimme⟨r⟩gesell
Denn es ist an der Zeit
Wenn dir beliebt bey mir zu schlafen,
An meinem schneeweissen Leib.

Ach nein, ach nein Marckgräfinn nein,
Das wär uns beyden ein Schand.
Und wenn es der iunge Marckgraf erfür
Wir müssten beyd aus dem Land.

Und da der beyden Willen geschah,
Sie meynten Sie wären allein,
Da kam die ältste Kammermagd
Zum Schlüsseloch schaut sie hinein.

Ach Herr ach edler Herre mein
Groß Wunder an euerem Weib!
Der Zimmergesell thut schlaffen
An ihrem schneeweisen Leib.

Und schläfft es nun der Zimmergesell
An ihrem schneeweisen Leib,
Einen Galgen will ich ihm bauen
Zu Basel wohl an dem Rhein.

Mann führt den iungen Zimmergesell,
Auf's Rathhaus wohl in der Stadt
Sein Redel thät man ihm sprechen
Gehencket muss er seyn.

Da sprach der Burgemeister
Wir wollen ihn leben lahn,
Ist keiner unter uns allen
Der nicht hätt das gethan.

Was zog er aus dem Sacke?
Fünfhundert Goldgulden so roth.
Zieh hin zieh hin gut Zimmergesell
Darum kauf Wein und Brod.

Und wenn du das Geld verzehret hast,
So komm du wieder zu mir,
So will ich dir lassen geben
Den besten Malvasier.

Es war ein ädlicher Lindenschmidt
Nährt sich auf freyer Landstrasen.

*

*

*

Und da es Juncker Kasper erfür
Setzt er seinem Bäuerlein das Käpplein auf
Und schickt es auf freyer Landstrasen
Wenn es den ädlichen Lindenschmidt fand
Sollt es ihn gleich verrathen.

Das Bäuerlein schifft sich über den Rhein,
Gegen Franckenthal in ein Wirthshaus nein.
Herr Wirth habt ihr nichts zu essen?
Es kommen drey Wagen sind wohl beladen
Von Franckfurt aus der Messen.

Der Wirth der sagts dem Bäurlein zu,
Ja Wein und Brodt das hab ich gnug,
Im Stall da stehn drey Rosse
Die gehören dem ädlichen Lindenschmidt
Nährt sich auf freyer Landstrasen.

Das Bäurlein dacht in seinem Muth
Die Sache die wird werden gut,
Den Feind hab ich vernommen.
Gar bald er Juncker Kasper zu schrieb:
Er sollt gar eilend kommen.

Der Lindensch⟨midt⟩ lag hinterm Tisch und schlief.
Sein Sohn ihm zum öftermal rief.

*

Steh auf herzliebster Vater mein,
Dein Verräther ist schon kommen.

Und da der Juncker Kasper zur Stube nein trat
Der Lindenschmidt von Herzen erschrack.
Lindenschmidt gieb dich gefangen.
Zu Baden wohl am Galgen hoch
Daran da musst du hangen.

Der Lindenschmidt der war ein freyer Reutersmann,
Er als bald nach der Klingen sprang.
Wir wollen erst ritterlich fechten.
Aber es waren der Bluthunden zuviel
Sie schlugen ihn nieder zu Boden.

Ey kann und mags nicht anders seyn,
So bitt ich um mein Sohne mein,
Und um mein Reutersiungen,
Ey haben sie iemand was leids gethan
Dazu hab ich sie gezwungen.

Der Juncker Kasper sprach nein dazu,
Das Kalb muss leiden mit der Kuh,
Soll dir nicht weiter gelingen,
Als biss gen Baden in der werthen Stadt,
Soll dir dein Haupt abspringen.

Sie wurden alle drey nach Baden gebracht,
Sie sassen nicht länger als eine halbe Nacht
Der Tag war kaum angebrochen,
Da ward gehenckt der Lindenschmidt
Sein Sohn und Reutersiunge.

DAS LIED VOM GRAFEN FRIEDERICH

Graf Friedrich wollt ausreiten
Mit seinen Edelleuten,
Wollt hohlen seine liebe Braut
Die ihm zur Eh war wohl vertraut.

Als er mit seinem hellen Hauf
Reit einen hohen Berg hinauf
Da kam er auf dem Weeg
Auf einen sehr schmaalen Steeg.

In dem Gedräng dem Grafen werth,
Schoss aus der Scheid sein scharfes Schwerdt,
Verwundet seine liebe Braut
Die ihm zur Eh war wohl vertraut.

Was zog er aus? Sein Hemdlein weis
Drückts in die Wund mit grosem Fleis.
Das Hemd das war von Blut so roth
Als ob man's draus gewaschen hätt.

Und wie er in den Hof nein reit
Sein Mutter ihm entgegen schreyt.
Sey mir willkommen Sohne mein
Und alle die mit dir kommen seyn.

Wie ist deine liebe Braut so bleich
Als ob sie ein Kindlein hat gesäugt.
Wie ist sie also inniglich,
Ob sie mit einem Kindlein schwanger ist.

Ach schweig mein Mutter stille,
Und thus um meinetwillen,

Sie ist kindshalben nicht ungesund
Sie ist biss auf den Todt verwundt.

Da es nun war die rechte Zeit
Ein köstlich Wirthschafft war bereit,
Mit aller Sach versehen wohl
Wie's eines Grafen Hochzeit soll.

Man setzt die Braut zu Tische
Man gab ihr Wildpret und Fische.
Man schenckt ihr ein den besten Wein,
Die Braut die wollt nicht frölig seyn.

Sie konnt weder trincken noch essen,
Ihr Unmut konnt sie nicht vergessen,
Sie sprach sie wollt es wäre die Zeit
Dass ihr ein Bettlein wär bereit.

Das hört die üble Schwörin
Und red gar bald hierüber.
Hab ich doch das noch nie gehört,
Dass eine Braut zu Bett begehrt.

Ach schweig mein Mutter stille
Habt daran kein Unwillen,
Sie redt es nicht aus falschem Grund,
Sie ist biss auf den Todt verwund.

Man führt die Braut zu Bette
Für Unmuth sie nichts redte,
Mit brennenden Kerzen und Fackeln gut,
Doch sie war traurig und ungemut.

Graf Friedrich lieber Herre
Ich bitt euch gar so sehre,
Ihr wollt thun nach dem Willen mein,
Lasst mich die Nacht eine Jungfrau seyn.

Nur diese Nacht allein,
Die andern fürbas keine.
So mir will Gott das Leben lahn,
Binn ich ihm fürbas untertahn.

Mein allerliebste Gemahlinn mein,
Der Bitt sollt ihr gewähret seyn.
Mein Schatz und Trost mein schönes Lieb.
Ob deinen Schmerzen ich mich betrüb.

Mein herzigs Lieb mein höchster Hort,
Ich bitt dich hör mich nur ein Wort.
Hab ich dich tödlich wund erkennt,
Verzeih mir das vor deinem End.

Ach allerliebster Gemahl und Herr,
Ich bitt euch bekümmert euch nicht so sehr.
Es ist euch alles verziehen schon,
Nichts arges habt ihr mir gethan.

Sie kehrt sich gegen die Wände,
Und nahm ein seeligs Ende,
In Gott end sie ihr Leben fein
Und blieb eine Jungfrau keusch und rein.

Zu Morgends wollt sie haben
Ihr Vater reichlich begaben,
Da war sie schon verschieden
In Gottes Nahmen und Frieden.

Ihr Vater fragt all Umständ
Wie sie genommen hat ein End.
Graf Friedrich sprach: ich armer Mann
Binn Gott sey Klag selbst Schuld daran.

Der Braut Vater sprach in Ungemut
Hast du verderbt ihr junges Blut,
So must du auch darum aufgeben
Durch meine Hand dein iunges Leben.

In dem so zog er aus sein Schwerdt,
Er stach's dem edlen Grafen werth,
Mit grosen Schmerzen durch seinen Leib,
Dass er todt auf der Erden bleib.

Man band ihn an ein hohes Ross
Und schleppt ihn durch das tiefe Moos,
Darinn man seinen Leib begrub
Sein leiblich Farb er an sich hub.

Es stund nicht länger als drey Tag an,
Es wuchsen drey Lilien auf seinem Grab,
Daran da steht geschrieben
Dass er bey Gott geblieben.

Man grub ihn wieder aus dem Moos,
Man führt ihn auf sein festes Schloss,
Bey seiner Liebe man ihn begrub,
Sein leiblich Farb er an sich hub.

Er war den dritten Tag schon todt,
Noch blüht er wie die Rosen roth.
Sein Angesicht war freundlich gar,
Sein ganzer Leib war hell und klar.

Ein großes Wunder auch da geschah,
Das mancher Mensch glaubhäftig sah,
Seine Lieb er mit Armen umfieng,
Eine Red aus seinem Munde ging.

Und sprach Gott sey gebenedeyt,
Der uns gegeben die ewig Freud,
Weil ich bey meiner Bulen binn
Fahr ich aus dieser Welt dahin

Mit leichtem und geringem Muth,
Lass hinter mir mein unschuldig Blut.
Fahr ich aus dieser Welt dahin
Da ich aus Noth erlöset binn.

DAS LIED VOM BRAUN ANNEL

Es wollt ein Knab spazieren gehn,
Wollt vor braun Annels Laden stehn,
Er wusst nicht was er ihr verhies
Dass sie den Riegel schleichen lies;
Den Riegel wohl in die Ecken,
Zum br⟨aun⟩ Annel wohl unter die Decken.

Sie liegen bey einander eine kleine Kurzweil,
Der iung Knab weckts braun Annelein,
Steh auf es, geh an es den Laden,
Sieh ob es nicht irgends will tagen.
Bleib liegen mein Schätzel nur stille,
Es taget nach unserem Wille.

Sie liegen beyein⟨ander⟩ eine kl⟨eine⟩ Kurzw⟨eil⟩
Der iung Kn⟨ab⟩ weckts br⟨aun⟩ Annelein.

Braun Maidel gab dem Laden einen Stos,
Scheint ihr die helle Sonn in Schoos,
Steh auf es mein Schätzel nur balde
Die Vögel singen im Walde.

Braun Annel war so hurtig in Eil,
Sie lies den Knaben herunter am Seil.
Sie meynt er wär nun bald drunnen,
So liegt er es so tief im kalt Brunnen.

Man zog ihn raus am dritten Tag,
Weint alles was da um ihn war,
Als nur braun Annel alleine,
Für Trauern konnt sie nicht weinen.

Ach Gott was war das für ein Mann,
Dass ich ihn nicht erkennen kann.
Ich hab ihn oftermal hören nennen,
Ich kan ihn doch nicht erkennen.

Es stund eine alte Frau dabey.
Schweig still schweig still braun Annelein,
Keine Nacht hast unter lassen,
Hast ihn alle Nacht zu dir gelassen.

VOM PLAUDERHAFFTEN KNABEN

Es waren drey Junggesellen
Sie thäten was sie wöllen,
Sie hielten einen Rath
Zu Strasburg in der Stadt.
Und welcher diese lange Nacht,
Am besten schlafen täht.

Es war auch einer drunter
Der nichts verschweigen kunnte.
Es hat mir gestern spat
Ein Maidel zugeredt,
Sie will mich lassen schlafen
Bey ihr im Federbett.

Das Maidel steht an die Wände,
Hört's von Anfang bis zu Ende.
Verleih mir groser Gott
Den Witz und auch den Verstand
Das mir der lose Knabe
Nicht kommt an meine Hand.

Da es nun war um viere,
Kam er geritten vor die Tühre.
Er klopfet also still
Mit seinem goldnen Ring
Ey schläfest oder wachest
Mein auserwähltes Kind.

Was wärs wenn ich nicht schliefe,
Und dich nicht 'reiner liesse.
Reit du nur immer hin
Wo du hergeritten bist.
Ich kann auch ruhig schlafen,
Wenn du schon nicht bey mir bist.

Wo soll ich dann hinreiten,
Es schlafen alle Leuten.
Es schlafen alle Leut
Und alle Bürgerskind,
Es reegnet und schneyet
Und geht ein kalter Wind.

Er sass sich auf einem Gaule,
Er schlug sich selber aufs Maule.
Hättest du nur stillgeschwiegen
Du lose Plapperzung.
Du bringst mich um das Liegen,
Bey dem schwarzbraun Maidlein iung.

Dort oben bey iener Linden
Wirst du deinen Schlafplatz finden,
Bind du es deinen Gaul
Wohl an denselben Baum,
Und lass mich ruhig schlafen
In meinem süsen Traum.

ZUGABE

Hab ein bucklich Männel g'nomme,
Hat mirs Gott erschaffe,
Ich und auch mein bucklich Männel
Gingen zu dem Pfaffe.

Da wir von dem Pfaffe kame
Ginge mir auch zu Tische,
Ich und auch m⟨ein⟩ bucklich Männel
Assen g'sotne Fische.

Da wir von dem Tische kame
Ginge mir auch zu Weine,
Ich und auch mein buckl⟨ich⟩ Männel
Truncke biss um neune.

Da wir von dem Weine kamen
Gingen wir auch zu Bette

Ich und auch mein buckl⟨ich⟩ Männel
Schlupfen unter d' Decke.

Da wir unter d' Decke waren
Fing's Bett an zu krache.
Ich und auch mein buckl⟨ich⟩ Männel
Fingen an zu lachen

explicit.

Im Sommer 1771 streifte der frischgebackene Straßburger Lizentiat der Rechte Johann Wolfgang Goethe durchs Oberelsaß und schrieb nieder, was er »aus denen Kehlen der ältesten Müttergens aufgehascht« (An Herder, September 1771): Schaurig-schöne Erzähl-Lieder, deren mündliche Tradition bis ins Mittelalter zurückreichte. Johann Gottfried Herder hatte ihm ein halbes Jahr davor den Sinn für derlei geschärft. Es war der Gedanke der »Ursprünglichkeit«, der damals Herders Denken beherrschte – der Gedanke, daß wir in einer wahrheits- und ursprungsfernen Zeit leben, die aber gleichsam noch ein paar Fenster zum Ursprung besitzt, allerdings mit trüben Scheiben: In den Zeugnissen ursprungsnaher Genies früherer Zeiten wie Homer und Shakespeare und in den Liedern des Volkes. Was Goethe da zutage brachte und an Herder sandte, waren nicht Gebilde jener gemüthaft-romantischen Art, wie man sie dann im 19. Jahrundert als ›volksliedhaft‹ empfand, sondern derbe und grobschlächtige Erzählgedichte voller »Würfe und Sprünge« (Herder), schon damals oft schwer verständlich. Sie repräsentieren eine der beiden Wurzeln der modernen Ballade. – Auch die zweite Wurzel hat mit dem ›Volk‹ zu tun: Es ist der zeitgenössische Jahrmarkts-Bänkelsang, der nicht nur Altüberliefertes weiterspinnt, sondern auch aktuelle Mordtaten, Familientragödien und Naturkatastrophen berichtet und sie meist mit einer hochmoralischen Nutzanwendung versieht.

›Volk‹: Das war für die Gebildeten der Aufklärungszeit zunächst einmal aufklärungs- und belehrungsbedürftiger ›Pöbel‹. Die groben poetischen Produkte dieses Pöbels, Volksballaden wie Bänkellieder, kamen als Vorbilder ernsthafter und anspruchsvoller Dichtung nicht in Frage. Aber immerhin eigneten sie sich als Anknüpfungspunkte für ironische und parodistische scherzhafte Gedichte, die seit den fünfziger Jahren immer beliebter wurden und für die sich der Name »Romanzen« einbürgerte. Als erste deutsche Romanze gilt ein Gedicht Johann Wilhelm Ludwig Gleims (1756), das der Einfachheit halber meist als »Marianne« zitiert wird, bezeichnenderweise aber überschrieben ist: »Traurige und betrübte Folgen der schändlichen Eifersucht, wie auch Heilsamer Unterricht, daß Eltern, die ihre Kinder lieben, sie zu keiner Heirat zwingen, sondern ihnen ihren freien Willen lassen sollen; enthalten in der Geschichte Herrn Isaac Veltens, der sich am 11. April 1756 zu Berlin eigenhändig umgebracht, nachdem er seine getreue Ehegattin Marianne und derselben unschuldigen Liebhaber jämmerlich ermordet.« Besonders beliebt waren Travestien: Historische und mythologische Stoffe, die ins ›Niedere‹ oder in die Gegenwart ›verkleidet‹ wurden. Sowohl Goethe als auch Schiller versuchten sich in diesem Genre. Goethes erste Gedichtsammlung »Annette« von 1767 enthält die Romanze *Pygmalion*, die, nach dem Vorbild des Leipziger Rokoko-Dichters Daniel Schiebeler, den alten Stoff travestiert: Der Hagestolz Pygmalion verliebt sich vergeblich in die von ihm geschaffene Statue; bei Ovid wurde die Statue schließlich durch der Venus Gunst lebendig, hier jedoch führen die Freunde dem Bildhauer ein wirkliches Mädchen zu, das er prompt heiratet. Schiller bringt in seiner »Anthologie auf das Jahr 1782« eine *Rache der Musen*, in der die Almanachs-Mode der Zeit, speziell des Konkurrenten Gotthold Friedrich Stäudlin »Schwäbischer Musenalmanach auf das Jahr 1782«, mit derbem Medizinerwitz als abgetriebene Frucht der Vergewaltigung einer als Muse verkleideten Furie allegorisiert wird. Um die Jahreswende 1782/83 nahm er eine Streitigkeit zwischen Duodezfürsten zum Anlaß für ein umfangreiches Gedicht, dessen Titel allein schon hinreichende Auskunft über den Stil gibt: *Wunderseltsame Histo-*

ria des berühmten Feldzuges als welchen Hugo Sanherib König von Aßyrien ins Land Juda unternehmen wollte...

Immer wieder ist die Frage aufgeworfen worden, ob denn nun Gottfried August Bürgers »Lenore« (1773) oder Ludwig Christoph Heinrich Höltys »Adelstan und Röschen« (1771) die erste deutsche Kunstballade sei. Der Prioritätsstreit allein wäre von rein akademischer Bedeutung, wenn er nicht mit dem Begriff der Ballade generell zusammenhinge. Die Kardinalfrage war nämlich, ob »Adelstan und Röschen« ein scherzhaftes Gedicht, mithin noch eine Romanze, oder aber ein ernsthaftes Gedicht, also bereits eine Ballade war. Aber allein die Tatsache, daß das offenbar schon in diesem Falle nicht so einfach zu klären ist (und nebenbei: Auch »Lenore« weist wohl nicht erst für den heutigen Leser manchen komischen Zug auf), zeigt an, daß die Demarkationslinie scherzhaft/ernsthaft nicht viel taugt. »In Scherz *und* Ernst« ist eine Lieblingsformel Goethes, und im Falle der Balladenkunst Goethes und Schillers ist die Alternative scherzhaft/ernsthaft geradezu poesiefremd. – Dies ist zu erläutern:

Gewiß hat sich, wie das Beispiel Herder zeigt, in den siebziger Jahren des 18. Jahrhunderts die Einstellung zu den Liedern des ›Volkes‹ geändert. Deutlich wird das an den ältesten Gedichten, die Goethe 1800 in seiner ersten nach Gattungen geordneten Gedichtsammlung unter die »Balladen und Romanzen« einreihte: *Das Veilchen* stand zunächst im Singspiel *Erwin und Elmire* (1775), *Der König in Thule* im ›Urfaust‹ (ca. 1775), der *Erlkönig* im Singspiel *Die Fischerin* (1782), *Der Sänger* (1783) entstammt dem »Wilhelm Meister«. Es waren also zunächst Lieder, die bestimmten Figuren eher schlichten Gemütes in den Mund gelegt worden waren, und diese ursprünglichen Kontexte sollte man immer hinzudenken: Es sind keine unmittelbaren Verlautbarungen des Dichters, sondern Rollengedichte, und nur im Medium einer solchen Rolle, in einer Art Zitat, ist der volksliedhafte Balladenton möglich. *Vor Gericht*, entstanden um 1775, erst 1815 in die »Balladen« aufgenommen, besitzt zwar keinen Kontext, ist aber eindeutige Rollenrede. Nur *Der Fischer*, erstmals in der Gesamtausgabe von 1789 gedruckt, ist als kontextlose Erzählung überliefert, wurde jedoch von Herder schon 1779 in seine »Volkslieder« aufgenommen, also, sicherlich nicht ohne Billigung des Autors, in einen entsprechenden Zusammenhang eingestellt. Aber das bedeutete keineswegs, daß man nun umstandslos ›volkstümlich‹ zu dichten versuchte. Das Nachdenken über »Ursprünglichkeit« war immer Nachdenken über *verlorene* »Ursprünglichkeit«. Wenn die Weimarer Hofgesellschaft sich im Tiefurter Park versammelte, um dort »Die Fischerin« als Freilicht-Aufführung zu sehen, mit prächtiger Illuminierung der Ilm, dann liegt darüber noch immer ein Hauch von Rokoko, die Welt der ›Hameaus‹, der künstlichen Grotten und Einsiedeleien. Die Ursprünglichkeit, die Naivität und Naturhaftigkeit, die in solcher Szenerie beschworen werden sollen, sind immer Ursprünglichkeits-, Naivitäts-*Zitat*.

Dieser Charakter einer zitierten Naivität haftet also nicht nur den frühen ›Romanzen‹ an, sondern auch den ›Balladen‹, und man könnte allenfalls in der Weise unterscheiden, daß das parodistische Zitat sich nun oft ins sentimentalische neigt. Hinter der ersten Schicht scheinbar unmittelbarer Zugänglichkeit, dem viele dieser Gedichte ihre Beliebtheit im Deutschunterricht verdanken, verbirgt sich eine zweite Schicht von besonderem ästhetischem Raffinement, das zitierende Spiel mit den Vorbildern, das auch vom Publikum mitgespielt wurde. Man sollte immer bedenken, daß diese Gedichte, ihrer Tradition entsprechend, nicht still gelesen, sondern in geselligem Kreis laut vorgetragen werden wollen und daß es dieser Tradition entspricht, wenn der Vortrag etwas ironisch die reißerische Art der Bänkelsänger imitiert.

Ein hübsches Beispiel, wie Goethe diese spielerische Note auch in der Druckpublikation zu realisieren versuchte, bietet *Der untreue Knabe*. Das Gedicht entstand vielleicht schon 1774 auf der Rheinreise; erstmals gedruckt wurde es jedenfalls im Singspiel »Claudine von Villa Bella« (1776). Dort wird es von Crugantino als Beispiel der neuesten Gespenster-Balladen-Mode vorgetragen: »Alle Balladen, Romanzen, Bänkelgesänge werden jetzt eifrig aufgesucht, aus allen Sprachen übersetzt. Unsere schönen Geister beeifern sich darin um die Wette.« Es ist also bereits Parodie der literarischen Novitäten im »Lenore«-Umkreis. Im Singspiel wird der Vortrag durch einen Schreckensschrei Claudines unterbrochen, der man die Nachricht zugeflüstert hat, der geliebte Pedro sei verwundet. Als Goethe das Gedicht 1800 in seine »Balladen und Romanzen« aufnahm, konnte er mit dem stofflichen Interesse des Publikums rechnen, das nun endlich die Auflösung der spannenden Situation erwartete. Aber auch in dieser und den folgenden Gedichtausgaben bricht das Gedicht ab. Goethe spielt dem Publikum einen Streich, kann darauf zählen, daß man sich auf das Spiel einläßt und, in geselligem Vortragskreis, gar selbst das Gedicht abzuschließen versucht.

Goethes und Schillers Zusammenarbeit begann 1794. Es soll und kann hier nicht eine weitere Deutung dieser Zusammenarbeit gegeben werden, sondern es mag der Hinweis genügen, daß sie für beide eine regelrechte poetische Dürreperiode beendete. Goethe hatte sich in Italien (1786-88), auf dem mißglückten Frankreichfeldzug (1792), bei der Belagerung von Mainz (1793) herumgetrieben, hatte sich in optische Studien und Studien zur Pflanzen- und Tierbildung versenkt. Die eher traumwandlerische Schaffensweise der Jugendzeit wich einem eher professionellen Arbeitsstil, der zu Fertigstellung lange zurückreichender Fragmente oder Vorfassungen wie der »Iphigenie«, des »Egmont« und des »Tasso« führte. Aber gerade an Lyrik, die früher spontan aus dem Augenblick erwachsen war, entstand während mehr als einem Jahrzehnt kaum etwas von Belang (abgesehen von den »Römischen Elegien«, die aber in vieler Hinsicht ein Sonderfall sind). – Schiller suchte nach dem »Carlos« nach einer Neuorientierung und hatte seine Schaffenskrise, auf seine Art offensiv, durch Studien zur Geschichte, Ästhetik und Philosophie zu zwingen versucht. Als eine Art populäres Seiten- und Nachfolgestück zu den anspruchsvollen »Horen« gab er seit 1796 einen der in der Zeit beliebten jährlichen »Musenalmanache« heraus. Daß diese Almanache nun, seit 1795, bei Goethe die lyrische Produktion wieder in Gang bringen, ist bezeichnend: Nun kann Goethe auch die lyrische Poesie ›kommandieren‹, braucht keine ›Erlebnisse‹ mehr, sondern begnügt sich mit Anregungen verschiedenster, oft literarischer, Art, um Schiller zu beliefern. Ein Beispiel dafür ist in diesem Band das Gedicht *Die Spinnerin*, das für den ersten Almanach bestimmt war, aber auf Herders Einspruch (das Reißen des Fadens ist eine Deflorationsmetapher) ausgeschieden wurde; es basiert auf einem 1792 veröffentlichten Gedicht von Johann Heinrich Voß, das in den Folgen freilich nicht so weit ging. Und auch für die meisten anderen Balladen sind entsprechende Vorlagen namhaft gemacht worden. – Eingebettet aber ist diese neue Schaffensweise in das Schillersche Projekt einer »ästhetischen Erziehung«, in die Vorstellung einer Geselligkeit, die das Schöne als Vorgriff auf die Idee der Versöhnung von Freiheit und Notwendigkeit begreift, als deren Realisierung im Gegenwärtigen. Heitere Könnerschaft, souveräne Stoff- und Formbeherrschung (und massive Polemik gegen jede Art dilettantischer Stümperei in den »Xenien« des Musenalmanachs für 1797) sind das Schaffensideal, und die Schaffensatmosphäre mag eine Briefstelle Goethes illustrieren: »Leben Sie recht wohl und lassen Ihren Taucher je eher je lieber ersaufen. Es ist nicht übel, da ich meine Paare [in *Die Braut von Corinth* und *Der Gott und die Bajadere*] in das Feuer und aus dem Feuer bringe, daß Ihr Held sich das entgegengesetzte Element aussucht.« (10. 5. 1797)

Das Jahr 1797 gilt als Goethes und Schillers »Balladenjahr«, der »Musen-Almanach für das Jahr 1798« gilt als der ›Balladen-Almanach‹ (verbunden mit dem für 1799, in dem als Nachzügler noch Schillers *Die Bürgschaft* und *Der Kampf mit dem Drachen*, Goethes *Das Blümlein Wunderschön* und die Müllerinnen-Gedichte erschienen).

Die meisten Gedichte des Almanachs, auch die scheinbar ›ernsthaften‹, sind in Habitus und Kontext recht weit entfernt von der prätentiösen Schwere mancher Balladen des 19. und 20. Jahrhunderts, erinnern weiterhin an ihren Ursprung im Romanzenhaft-Parodistischen, im ›uneigentlichen‹ Gebrauch einer vorgefundenen Form, auch und gerade dort, wo sie diese ›Uneigentlichkeit‹ der Rede durch betont artifizielle und damit auch spielerische Momente zusätzlich hervorheben. Mit Recht ist *Der Zauberlehrling* immer wieder als Musterbeispiel für Goethes Sprachkunst gepriesen worden. Das Gedicht behandelt das Verhältnis von Meisterschaft und Dilettantismus in meisterhafter, doch zugleich so zugänglicher Form, daß es eines der populärsten Gedichte Goethes werden konnte. *Der Schatzgräbern*, von ähnlich hohem Applikabilitätsgrad, ist nicht nur »Belehrung«, Proklamation tätig-tüchtiger Lebensweise, sondern auch selbstironischer Reflex auf Goethes Beteiligung an einer Hamburger Lotterie, bei der er ein Landgut zu gewinnen hoffte. Die Herkunftsbezeichnungen der *Mülle-*

rinnen-Gedichte (»Altenglisch« usw.) sind fingiert, nur *Der Müllerin Verrat* hat tatsächlich eine französische Vorlage, allerdings keine ›altfranzösische‹, sondern eine moderne. Zweierlei Funktion besitzen diese Herkunftsbezeichnungen: Einmal sollen sie durch ihre Verschiedenheit vermeiden, daß man das locker gefügte Gedicht-Ensemble als einen schlüssigen Zyklus liest. Zugleich aber verweisen sie auf einen allen Völkern gemeinsamen Grund-Fundus des Poetischen, der damit zwar nicht wörtlich, doch generell zitiert wird. *Das Blümlein Wunderschön*, basierend auf dem Bericht einer Schweizer Chronik, macht nun gar die Entstehung eines Volksliedes – »Ich weiß ein blaues Blümelein« – zum Gegenstand balladesken Erzählens.

Den heikelsten Teil des Bändchens bilden sicherlich die einstmals populärsten Stücke, die Balladen Schillers. Als »Ideenballaden« wurden sie immer wieder einmal bezeichnet und den Schülern eingetrichtert. Aber was sind das für Ideen! Um im Stile aufklärerischer Fabeln ein paar erbauliche Geschichten mit moralischen Gemeinplätzen zu versifizieren, hätte es dieses Aufwands nicht bedurft – hätte es vor allem des ganzen Aufwands an Ästhetik und Geschichtsphilosophie nicht bedurft, den Schiller in den vorangegangenen Jahren betrieben hatte. Die schulische Klassikerpflege hat einigen dieser Gedichte den Rang von Musterballaden zuwachsen lassen, die sie überhaupt nicht sind, und eine unangemessene Vertrautheit, sprich: Trivialität, hergestellt, die ihren experimentellen und innovatorischen Charakter völlig verschwinden ließ. Um hinter dem oberflächlichen moralischen Sinn auch den ästhetischen wahrzunehmen, sollte es eigentlich genügen, daß man sich die Eigenart der Stoffherkünfte vergegenwärtigt. Zwanglos lassen sich zwei Gruppen bilden: Balladen mit mittelalterlichen und Balladen mit antiken Stoffen. Mittelalterliche

Stoffe gehörten zur Volksballaden- und Romanzen-Tradition. In den Balladen dieser Gruppe knüpft Schiller an diese Traditionen an, aber nicht mehr nur in der Art des Form-, sondern erweitert in der Art des Kultur-Zitats. Noch immer galt das Mittelalter in der protestantisch-aufgeklärten Literaturlandschaft des damaligen Deutschland ja als ›finster‹, als bornierte Pfaffenwelt, fast ebenso exotisch wie Indien oder China. Erst die Romantiker werden hier zu einer Neubewertung kommen. Schiller aber scheut sich nicht, gerade auch die pfäffischen Züge dieser fremden Kultur zu pointieren. So gesehen dienen diese Balladen der Erschließung einer fremden Welt, dem Aufdecken eines auch in ihr enthaltenen ›allgemeinen Menschlichen‹ und eines Consensus der Zeiten über elementare Züge und Prinzipien menschlichen Handelns – in heiterer Verständigung, ohne den Bierernst späterer Rezeptionen. Marcel Reich-Ranicki hat den *Gang nach dem Eisenhammer* einmal als »eine der lustigsten Dichtungen deutscher Sprache« bezeichnet; das ist wohl etwas übertrieben, aber als eine Dichtung zum Schmunzeln ist diese mittelalternde Bigotterie sicher schon von Schiller gedacht gewesen. Und über den Schluß des *Ritter Toggenburg* muß man nicht, wie Generationen von Schülern, hinter vorgehaltener Hand, sondern darf man, wie zu Schillers Zeiten, ganz offen lachen.

Da hat es seinen eigenen Sinn, daß neben die mittelalterlichen Stoffe die antiken treten. Sie waren der damaligen Bildungswelt viel vertrauter – aber sie gehörten eigentlich nicht in die Ballade. Es ist, wenn man nicht nur dem ersten Blick vertraut, keine klassische, sondern eine ins Schauerlich-Moritatenhafte gewendete Antike, die uns in den *Kranichen des Ibykus* begegnet, und auch die Lehre, die uns der ewig nörgelnde Gastfreund im *Ring des Polykrates* verkündet, atmet nicht gerade den Geist Winckelmanns. Wenn man Schillers Balladen nicht unter den Rezeptions-

Vorgaben späterer Zeiten betrachtet – die von ihnen mitgeprägt wurden –, sondern unter den Voraussetzungen ihrer Entstehung, dann sind sie ein recht kühnes Unternehmen der Zusammenführung heterogener Kulturmomente. Die Ballade, zunächst Medium zitierter Naivität, wird zum Medium der zitathaften Anverwandlung von Fremdem schlechthin.

Von diesem Ansatz her erschließen sich wiederum einige Züge der Balladendichtung Goethes. Verwunderung haben z.B. das Vampir-Gedicht *Die Braut von Corinth* und die indische Dirnen-Himmelfahrt *Der Gott und die Bajadere* ausgelöst: Derlei sei dem nachitalienischen, ›klassischen‹ Goethe eigentlich fremd, er habe es in diesem Fall in die neue Lebensphase »durchgeschmuggelt« (Emil Staiger). Doch abgesehen davon, daß hier ein Höchstmaß an formkünstlerischem Einsatz die abstruse Materie bändigt, bewährt sich auch hier die Anverwandlungskraft der Gattung, ihre Fähigkeit, in der exotischen Hülle den menschlichen Kern aufzuweisen. Und verwunderlich mag es auch scheinen, daß Goethe an den Anfang der Balladen-Rubrik der Ausgabe von 1815 unter dem Titel *Mignon* deren Lied »Kennst Du das Land« gestellt hat. Vor die ganze Rubrik hat er als Vorspruch gesetzt:

Märchen, noch so wunderbar
Dichterkünste machen's wahr.

Ballade wird hier zum Inbegriff des Dichterischen überhaupt, das den Gegensatz von Märchen und Wahrheit auf höherer Ebene aufzuheben vermag.

Von den Balladen, die Schiller nach der Musenalmanach-Phase noch schuf, ist nur *Der Graf von Habsburg* vergleichbar populär geworden, wohl weil er sich gleichfalls für den moralisierenden Schulgebrauch eignete und darüber hinaus eine vaterländische Anekdote darbot. Mit *Hero und Leander* und *Kassandra* jedoch betrat er Neuland, auf das die Rezipienten weniger willig folgten. Das Geschehen mündet nicht mehr in eine Theodizee, sondern die vorausgesetzte Weltstruktur wird dialektisch, sie enthält einen fundamentalen Widerspruch, an dem die Individuen zugrunde gehen. Erst hier dringt seine Lehre vom »Erhabenen« auch ins Genre der Ballade ein, gastweise, denn diese beiden Balladen bleiben Einzelstücke.

Bei Goethe hingegen bleibt der ohnedies stärker ausgeprägte spielerische Ton weiterhin erhalten. *Die erste Walpurgisnacht*, wenn man sie denn, seiner generösen Einordnung folgend, überhaupt als Ballade bezeichnen will, dramatisiert auf halb humoristische Weise eine zeitgenössische Erklärung für die Sage von der Satansmesse auf dem Brocken: Die alten Heidenpriester hätten dort den christlichen Bekehrern ein Teufelsspektakel vorgemacht, um in Ruhe ihren alten Gottesdienst pflegen zu können. Das *Hochzeitslied* basiert auf einer Geschichte von der Zwergenhochzeit auf der Eilenburg, die auch in den *Deutschen Sagen* der Brüder Grimm überliefert ist. *Ritter Curts Brautfahrt* verarbeitet eine Episode aus den *Mémoires* des Marschalls von Bassompierre. *Wandrer und Pächterin* läßt schon etwas von der Tendenz zur Verknappung spüren, die vor allem in den letzten Balladen Goethes zu beobachten ist, hier aber wohl nur aufs Konto der Dialog-Form geht. Man versteht das Gedicht nur, wenn man als Hintergrund die Ereignisse im revolutionären Frankreich hinzudenkt: Der Wanderer hatte offenbar ein Nationalgut erworben, war dann in die Welt hinausgegangen und hatte das Gut verpachtet, und bei der Rückkehr findet er als Pächterin die Tochter der ehemaligen Herrschaft. Alle vier Gedichte erschienen zusammen mit dem *Rattenfänger* im »Taschenbuch auf das Jahr 1804« unter der Rubrik »Der Geselligkeit gewidmete Lieder« – eine Rezeptionsanweisung auch für den heutigen Leser.

Auf Geselligkeit und Heiterkeit weisen auch die Voraussetzungen der nächsten vier Gedichte. *Wirkung in die Ferne* treibt Scherz mit dem in der Zeit vieldiskutierten Begriff der »Actio in distans«, unter dem Phänomene wie Magnetismus, Telepathie und Hellseherei bedacht wurden. *Die wandelnde Glocke* beruht nach Riemers Bericht auf einem etwas rauhen Streich, den er und Goethes Sohn einem Jungen aus der Nachbarschaft gespielt hatten. *Der getreue Eckart* und *Der Totentanz* entstanden auf einer Reise, auf der die beiden Geschichten vom Sekretär bzw. vom Kutscher erzählt wurden.

In seinem Aufsatz »Bedeutende Fördernis durch ein einziges geistreiches Wort« (1823) schreibt Goethe: »Mir drückten sich gewisse große Motive, Legenden, uraltgeschichtlich Überliefertes so tief in den Sinn, daß ich sie vierzig bis fünfzig Jahre lebendig und wirksam im Innern erhielt; mir schien der schönste Besitz, solche werte Bilder oft in der Einbildungskraft erneut zu sehen, da sie sich dann zwar immer umgestalteten, doch, ohne sich zu verändern, einer reineren Form, einer entschiedenern Darstellung entgegenreiften. Ich will hievon nur die *Braut von Corinth*, den *Gott und die Bajadere*, den *Grafen und die Zwerge* [Hochzeitslied], den *Sänger und die Kinder* und zuletzt noch den baldigst mitzuteilenden *Paria* nennen.«

Der »Sänger und die Kinder«, das ist das Gedicht, das 1820 unter dem lapidaren Titel *Ballade* veröffentlicht wurde. Hier trifft sich nun freilich die Balladentechnik der »Würfe und Sprünge« mit der Neigung des alten Goethe zur Verknappung so sehr, daß er selbst sich schließlich genötigt sah, unter dem Titel: »Ballade. Betrachtung und Auslegung«, eine Inhaltsangabe nachzureichen, die hier in geraffter Form wiederholt sei: Zwei Knaben haben in Abwesenheit der Eltern einen alten Sänger ins Haus gelassen. Dieser singt nun eine Ballade von einem Grafen, der von seinen Feinden vertrieben wird, sein Töchterchen mitnimmt und als Sänger durch die Lande zieht. Das herangewachsene Töchterchen wird von einem Ritter geheiratet. »Nun aber«, in der sechsten Strophe, »fällt der Sänger aus der Rolle«. Er selbst ist der Vater, segnet die Kinder im Hause, die seine Enkel sind. Der Ritter kommt zurück ins Haus, wütet wegen des fremden Bettlers, bereut die Ehe mit der Tochter eines fahrenden Sängers. Schließlich klärt sich alles auf, der rechtmäßige ehemalige Fürst übernimmt wieder die Herrschaft und verkündet eine allgemeine Amnestie. – Abermals eine kühne Zusammenführung. Denn einerseits beruht das Gedicht auf einer alten englischen Ballade, anderseits ist es ein recht aktueller – konservativer – Beitrag zum Thema der Legitimität in der Restaurationszeit.

Das letzte große erzählende Gedicht, *Paria* – Goethe selbst nennt es »Legende« – kann noch einmal die Leistung der Balladenform verdeutlichen. Man muß sich dafür vergegenwärtigen, daß indische Kunst und Mythologie, wie sie im Zeitalter der Romantik entdeckt wurden, dem klassizistischen Kunstideal Goethes ein Greuel waren. In den »Zahmen Xenien II« wettert er mehrfach gegen diese Welt vielköpfiger Götter und absurder Leibesverschlingungen. Das galt aber nur für die bildende Kunst, nicht für die Literatur. Die indischen Dichter

haben mit Dichter-Zierlichkeit
Von Pfaffen und Fratzen uns befreit
In Indien möcht' ich selber leben
Hätt' es nur keine Steinhauer gegeben

In den »Noten und Abhandlungen« zum »Divan« spricht er von den »Herrlichkeiten« der indischen Poesie, »in die sich die reine Menschlichkeit flüchtet, um uns über Kastenstreit, phantastische Religionsungeheuer und abstrusen Mystizismus zu trösten und zu überzeugen, daß doch zuletzt in ihr das Heil der Menschheit aufbewahrt bleibe«. Der alte Goethe entdeckt mehr und mehr das, was er »Weltliteratur« nannte. Er war überzeugt, »daß es eine allgemeine Weltpoesie gebe, und sich je nach Umständen hervortue« (»Serbische Gedichte«). »In jedem Besondern, es sei nun historisch, mythologisch oder fabelhaft, mehr oder weniger willkürlich ersonnen, wird man durch Nationalität und Persönlichkeit hindurch jenes Allgemeine immer mehr durchleuchten und durchschimmern sehn... Was nun in den Dichtungen aller Nationen hierauf hindeutet und hinwirkt, dies ist es, was die übrigen sich anzueignen haben.« (An Carlyle, 20. 7. 1827.) Eine Art symbolischer Verweis- und Platzhalterstelle für den Komplex »Weltliteratur« nimmt in der Gedichtausgabe letzter Hand von 1827 die Rubrik »Aus fremden Sprachen« ein. Sie gipfelt in den »Neugriechisch-epirotischen Hirtenliedern« – balladesken Gedichten aus dem Freiheitskampf der Griechen gegen die Türken.

Wie grausig und abstrus das Geschehen im *Paria* – für Goethes Verhältnis – auch ist, in der Poesie kann es erträglich, ›durchschimmernd‹, gemacht werden. In den »Hirtenliedern« wie in der *Paria*-Trilogie zeigt sich die Erfüllung einer Tendenz, die von Anfang an im Typus der klassischen Ballade angelegt war. Wenn das »Allgemeine« sich immer nur »je nach Umständen« hervorzutun vermag, immer nur ›durchschimmert‹ oder ›durchleuchtet‹ durch die jeweils kontingente Hülle, dies aber grundsätzlich überall, dann ist die Ballade eine besonders ausgezeichnete Form; denn als Medium zitierter Naivität und Fremdheit ist sie zugleich hermeneutisches Instrument der Deutung und Anverwandlung, kann sie immer Kontingenz mitthematisieren und dadurch aufheben im Namen des vermuteten Allgemeinen.

Dieses »Allgemeine« aber, so müssen wir aus heutiger Sicht hinzufügen, ist selbst ein Besonderes der Moderne: Erst das neuzeitliche Individualitätskonzept, die Differenz von Ich und Gesellschaft, die allererst Ich und Gesellschaft im modernen Sinn konstituiert, schafft auch das Bedürfnis, mittels der Ballade fremden, nichtindividualistischen Welten eine Ganzheitsbotschaft abzulauschen oder die Probleme der Selbstfindung und Selbstbewahrung als Durchscheinendes auch im Fremden wiederzuerkennen.

Karl Eibl

VERZEICHNIS DER ÜBERSCHRIFTEN UND GEDICHTANFÄNGE

Gedichte Goethes sind in gerader, Gedichte Schillers in kursiver Schrift wiedergegeben.

INHALT

Gedichte Goethes sind in gerader, Gedichte Schillers in kursiver Schrift wiedergegeben.

Zu dieser Ausgabe

insel taschenbuch 1275
Johann Wolfgang Goethe
Friedrich Schiller
Sämtliche Balladen und Romanzen
in zeitlicher Folge

Die Texte aus den Musen-Almanachen auf die Jahre 1798 und 1799 sind diesen selbst entnommen. Die übrigen Texte Goethes folgen Band 1 und 2 der Goethe-Ausgabe des Deutschen Klassiker Verlages, herausgegeben von Karl Eibl. Die übrigen Texte Schillers folgen Band 1 und 2 I der Schiller-Nationalausgabe, herausgegeben von Julius Petersen und Friedrich Beißner bzw. Norbert Oellers. Die Orthographie wurde – außer bei den Volksballaden, wo sie zum Kolorit gehört – modernisiert; Lautstand und Interpunktion blieben gewahrt, doch wurde die recht unsystematische Interpunktion von Goethes Gedichten im Musen-Almanach durch die der Ausgabe von 1800 ersetzt.
Umschlagabbildung: Unbekannter Meister, Erlkönig, Ausschnitt. Freies Deutsches Hochstift, Frankfurt am Main. Foto: Ursula Edelmann.

Klassische deutsche Literatur
im insel taschenbuch

Johann Friedrich Abegg: Reisetagebuch von 1798. Mit zahlreichen Abbildungen. Herausgegeben von Walter und Jolanda Abegg in Zusammenarbeit mit Zwi Batscha. it 1013

Achim von Arnim: Erzählungen. Ausgewählt und mit einem Nachwort versehen von Hermann Hesse. it 1018

Achim und Bettina in ihren Briefen. Briefwechsel zwischen Achim von Arnim und Bettina Brentano. 2 Bde. in Kassette. Herausgegeben von Werner Vordtriede. Mit einer Einleitung von Rudolf Alexander Schröder. it 1095

Bettine von Arnim: Aus meinem Leben. Zusammengestellt und kommentiert von Dieter Kühn. it 642

Bettine von Arnims Armenbuch. Herausgegeben von Werner Vordtriede. it 541

– Goethes Briefwechsel mit einem Kinde. Herausgegeben und eingeleitet von Waldemar Oehlke. Mit zeitgenössischen Abbildungen. it 767

– Die Günderode. Mit einem Essay von Christa Wolf. it 702

Bettine von Arnim / Clemens Brentano: Clemens Brentanos Frühlingskranz aus Jugendbriefen ihm geflochten, wie er selbst schriftlich verlangte. Mit einem Nachwort von Hartwig Schultz. it 812

Johann Beer: Die teutschen Winter-Nächte & Die kurzweiligen Sommer-Täge. Zwei Romane. Mit 24 Abbildungen nach den Kupfern der Originalausgabe von 1682. Herausgegeben und mit einem Nachwort, Anmerkungen und Worterklärungen versehen von Richard Alewyn. it 872

Ludwig Börne: Briefe aus Paris. Herausgegeben von Alfred Estermann. it 924

Hermann Bote: Till Eulenspiegel. Ein kurzweiliges Buch aus dem Lande Braunschweig. Wie er sein Leben vollbracht hat. Sechsundneunzig seiner Geschichten. Herausgegeben, in die Sprache unserer Zeit übertragen und mit Anmerkungen versehen von Siegfried H. Sichtermann. Mit zeitgenössischen Illustrationen. it 336

Clemens Brentano: Gedichte. Erzählungen. Briefe. Herausgegeben von Hans Magnus Enzensberger. it 557

– Gockel Hinkel Gackeleia. Märchen. Mit Initialen und Lithographien von Caspar Braun nach Entwürfen von Clemens Brentano. Mit einem Nachwort von Franz Deibel. it 47

– Italienische Märchen. Mit einem Nachwort von Maria Dessauer. it 695

– Rheinmärchen. In der von Guido Görres herausgegebenen Ausgabe von 1846. Mit Illustrationen von Edward von Steinle. it 804

161/1/10.90

Klassische deutsche Literatur im insel taschenbuch

Georg Büchner: Lenz. Erzählung. Mit Oberlins Aufzeichnungen ›Der Dichter Lenz, im Steinthale‹, ausgewählten Briefen von J. M. R. Lenz und einem Nachwort von Jürgen Schröder. it 429

– Leonce und Lena. Ein Lustspiel. Mit farbigen Illustrationen von Karl Walser und einem Nachwort von Jürgen Schröder. it 594

– Woyzeck. Nach den Handschriften neu herausgegeben und kommentiert von Henri Poschmann. it 846

Gottfried August Bürger: Wunderbare Reisen zu Wasser und zu Lande. Feldzüge und lustige Abenteuer des Freiherrn von Münchhausen, wie er dieselben bei der Flasche im Zirkel seiner Freunde selbst zu erzählen pflegt. Mit den Holzschnitten von Gustave Doré. it 207

Bürgers Liebe. Die Ehestandsgeschichte von Elise Hahn und Gottfried August Bürger. Herausgegeben von Hermann Kinder. Mit zeitgenössischen Illustrationen. it 564

Wilhelm Busch: Kritisch- Allzukritisches. Gedichte. Ausgewählt und mit einem Nachwort von Theo Schlee. Mit Illustrationen von Wilhelm Busch. it 52

– Sämtliche Bilderbogen. Mit einem Nachwort von Gert Ueding. it 620

Adelbert von Chamisso: Peter Schlemihls wundersame Geschichte. Nachwort von Thomas Mann. Illustriert von Emil Preetorius. it 27

Matthias Claudius: Der Wandsbecker Bote. Mit einem Vorwort von Peter Suhrkamp und einem Nachwort von Hermann Hesse. it 130

Annette von Droste-Hülshoff: Bei uns zulande auf dem Lande. Prosaskizzen. Herausgegeben von Otto A. Bäumer. Mit Abb. it 697

– Die Judenbuche. Ein Sittengemälde aus dem gebirgichten Westfalen. Mit Illustrationen von Max Unold. it 399

– Sämtliche Gedichte. Mit einem Nachwort von Ricarda Huch. it 1092

Marie von Ebner-Eschenbach: Dorf- und Schloßgeschichten. Mit einem Nachwort von Joseph Peter Strelka. it 1272

Johann Peter Eckermann: Gespräche mit Goethe in den letzten Jahren seines Lebens. 2 Bde. Herausgegeben von Fritz Bergemann. it 500

Joseph von Eichendorff: Aus dem Leben eines Taugenichts. Mit Illustrationen von Adolf Schrödter und einem Nachwort von Ansgar Hillach. it 202

– Gedichte. Mit Zeichnungen von Otto Ubbelohde. Herausgegeben von Traude Dienel. it 255

– Gedichte. In chronologischer Folge herausgegeben von Hartwig Schultz. it 1060

– Novellen und Gedichte. Ausgewählt und eingeleitet von Hermann Hesse. it 360

161/2/10.90

Klassische deutsche Literatur im insel taschenbuch

Theodor Fontane: Allerlei Glück. Plaudereien, Skizzen und Unvollendetes. Ausgewählt und herausgegeben von Otto Drude. it 641
– Cécile. Mit einem Nachwort von Walter Müller-Seidel. it 689
– Effi Briest. Mit 21 Lithographien von Max Liebermann. it 138
– Frau Jenny Treibel oder ›Wo sich Herz zum Herzen findt‹. Roman. Mit einem Nachwort von Richard Brinkmann. it 746
– Grete Minde. Mit einem Nachwort von Peter Demetz. it 1157
– Irrungen, Wirrungen. Mit einem Nachwort von Walther Killy. it 771
– Jenseit des Tweed. Bilder und Briefe aus Schottland. Mit zahlreichen Abb. und einem Nachwort herausgegeben von Otto Drude. it 1066
– Mathilde Möhring. Mit einem Nachwort von Peter Demetz. it 1107
– Meine Kinderjahre. Autobiographischer Roman. Mit einem Nachwort von Otto Drude. it 705
– Die Poggenpuhls. Roman. it 1271
– Schach von Wuthenow. Erzählung aus der Zeit des Regiments Gendarmes. Mit einem Nachwort von Benno von Wiese. it 816
– Der Stechlin. Mit einem Nachwort von Walter Müller-Seidel. it 152
– Stine. Roman. Mit einem Nachwort von Peter Demetz. it 899
– Unwiederbringlich. Roman. it 286
– Von Zwanzig bis Dreißig. Herausgegeben von Otto Drude. Mit zahlreichen Abbildungen. it 985
– Vor dem Sturm. Roman, aus dem Winter 1812 auf 13. Mit einem Nachwort von Hugo Aust. it 583
– Wanderungen durch die Mark Brandenburg. 5 Bde. in Kassette. Herausgegeben von Gotthard Erler und Rudolf Mingau. it 1181-1185
– Wanderungen durch die Mark Brandenburg. Band I. Die Grafschaft Ruppin. it 1181
– Wanderungen durch die Mark Brandenburg. Band II. Das Oderland. it 1182
– Wanderungen durch die Mark Brandenburg. Band III. Havelland. it 1183
– Wanderungen durch die Mark Brandenburg. Band IV. Spreeland. it 1184
– Wanderungen durch die Mark Brandenburg. Band V. Fünf Schlösser. it 1185
Theodor Fontane. Ein Leben in Briefen. Mit zahlreichen Bildnissen und Faksimiles, ausgewählt und herausgegeben von Otto Drude. it 540
Georg Forster: Ansichten vom Niederrhein, von Brabant, Flandern, Holland, England und Frankreich im April, Mai und Junius 1790. Herausgegeben von Gerhard Steiner. it 1136

161/3/10.90

Klassische deutsche Literatur im insel taschenbuch

Georg Forster: Reise um die Welt. Herausgegeben und mit einem Nachwort von Gerhard Steiner. it 757

Christian Fürchtegott Gellert: Fabeln und Lieder. Mit den vierundzwanzig Radierungen zu Gellerts Fabeln von Daniel Nikolaus Chodowiecki. Herausgegeben von Gottfried Honnefelder. it 895

Friedrich Gerstäcker: Die Flußpiraten des Mississippi. Roman. Mit einem Nachwort von Harald Eggebrecht. it 435

Johann Wolfgang von Goethe: Dichtung und Wahrheit. 3 Bde. in Kassette. Mit Bildmaterial. it 149-151

– Elegie von Marienbad. September 1823. Faksimile einer Urhandschrift. Herausgegeben von Christoph Michel und Jürgen Behrens. Mit einem Geleitwort von Arthur Henkel. it 1250

– Erotische Gedichte. Skizzen und Fragmente. Herausgegeben von Andreas Ammer. it 1225

– Faust. Erster Teil. Nachwort von Jörn Göres. Illustrationen von Eugène Delacroix. it 50

– Faust. Zweiter Teil. Mit Federzeichnungen von Max Beckmann. Mit einem Nachwort zum Text von Jörn Göres und zu den Zeichnungen von Friedhelm Fischer. it 100

– Urfaust. Faust. Ein Fragment. Faust. Eine Tragödie. Paralleldruck der drei Fassungen. 2 Bde. Herausgegeben von Werner Keller. it 625

– Frühes Theater. Mit einer Auswahl aus den dramaturgischen Schriften 1771-1828. Herausgegeben und mit einem Nachwort von Dieter Borchmeyer. it 675

Goethe – warum? Eine repräsentative Auslese aus Werken, Briefen und Dokumenten. Herausgegeben und mit einem Nachwort versehen von Katharina Mommsen. it 759

Goethe über die Deutschen. Herausgegeben von Hans-J. Weitz. Mit dem Nachwort von 1949, Nachweisen, Register und Illustrationen. it 325

Goethes Briefe an Charlotte von Stein. 3 Bde. in Kassette. Herausgegeben von Julius Petersen. it 1125

Goethes Briefwechsel mit seiner Frau. 2 Bde. in Kassette. Herausgegeben von Hans Gerhard Gräf. it 1100

Goethes Gedanken über Musik. Eine Sammlung aus seinen Werken, Briefen, Gesprächen und Tagebüchern. Herausgegeben von Hedwig Walwei-Wiegelmann. Mit achtundvierzig Abbildungen erläutert von Hartmut Schmidt. it 800

Goethes Liebesgedichte. Herausgegeben von Hans Gerhard Gräf mit einem Nachwort von Emil Staiger. it 275

161/4/10.90

Klassische deutsche Literatur im insel taschenbuch

Johann Wolfgang von Goethe: Die guten Frauen als Gegenbild der bösen Weiber. Mit Kupferstichen von Johann Heinrich Ramberg aus dem Taschenbuch für Damen auf das Jahr 1801. it 925

– Hermann und Dorothea. Mit Aufsätzen von August Wilhelm Schlegel, Wilhelm von Humboldt, Georg Wilhelm Friedrich Hegel und Hermann Hettner. Mit zehn Kupfern von Catel. it 225

– Historische Schriften. Eine Auswahl in biographischer Folge. Herausgegeben von Horst Günther. Mit Zeichnungen von Goethe. it 650

– Italienische Reise. Mit vierzig Zeichnungen des Autors. Herausgegeben und mit einem Nachwort versehen von Christoph Michel. it 175

– Tagebuch der Italienischen Reise 1786. Notizen und Briefe aus Italien. Mit Skizzen und Zeichnungen des Autors. Herausgegeben und erläutert von Christoph Michel. it 176

– Klassisches Theater. Herausgegeben und mit einem Nachwort von Dieter Borchmeyer. it 700

– Die Leiden des jungen Werther. Mit einem Essay von Georg Lukács und einem Nachwort von Jörn Göres. Mit zeitgenössischen Illustrationen von Daniel Nikolaus Chodowiecki und anderen. it 25

– Märchen. Der neue Paris. Die neue Melusine. Das Märchen. Herausgegeben und erläutert von Katharina Mommsen. it 825

– Der Mann von funfzig Jahren. Mit einem Nachwort von Adolf Muschg. it 850

– Maximen und Reflexionen. Text der Ausgabe von 1907 mit den Erläuterungen und der Einleitung Max Heckers. Nachwort von Isabella Kuhn. it 200

– Die natürliche Tochter. Mit den Memoiren der Stéphanie Louise de Bourbon-Conti und drei Studien von Bernhard Böschenstein. it 1175

– Novelle. Mit Federzeichnungen von Max Liebermann und einem Nachwort von Paul Stöcklein. Großdruck. it 2301

– Novellen. Herausgegeben und mit einem Nachwort versehen von Katharina Mommsen. Mit Federzeichnungen von Max Liebermann. it 425

– Pandora. it 1075

– Reineke Fuchs. Mit Stahlstichen nach Zeichnungen von Wilhelm Kaulbach. it 125

– Reise-, Zerstreuungs- und Trost-Büchlein. 1806-1807. Nach der durch Hans Wahl besorgten Faksimile-Ausgabe von 1927 neu herausgegeben, mit Bilderläuterungen und Nachwort von Christoph Michel. it 400

161/5/10.90

Klassische deutsche Literatur
im insel taschenbuch

Johann Wolfgang von Goethe: Das Römische Carneval. Mit den farbigen Figurinen von 1789 und den Fragmenten ›Über Italien‹. Herausgegeben und mit einem Nachwort versehen von Isabella Kuhn. it 750
– Römische Elegien und Venezianische Epigramme. Herausgegeben von Regine Otto. it 1150
– Schriften zur Naturwissenschaft. Ausgewählt und herausgegeben von Horst Günther. Mit Zeichnungen von Goethe. it 550
– Schriften zur Weltliteratur. Mit Buchillustrationen aus der Goethezeit. Herausgegeben von Horst Günther. it 1025
– Tagebuch der ersten Schweizer Reise 1775. Goethes letzte Schweizer Reise. Mit den Zeichnungen des Autors und einem vollständigen Faksimile der Handschrift, herausgegeben und erläutert von Hans-Georg Dewitz. it 300/375
Goethe über das Mittelalter. Herausgegeben von Jens Haustein. it 1200
Johann Wolfgang von Goethe: Unterhaltungen deutscher Ausgewanderten. Mit einem Nachwort herausgegeben von Gert Ueding. it 1050
– Die Wahlverwandtschaften. Ein Roman. Erläuterungen von Hans-J. Weitz. Mit einem Essay von Walter Benjamin. it 1
– West-östlicher Divan. Mit Essays zum ›Divan‹ von Hugo von Hofmannsthal, Oskar Loerke und Karl Krolow. Herausgegeben und mit Erläuterungen versehen von Hans-J. Weitz. it 75
– Wilhelm Meisters Lehrjahre. Herausgegeben von Erich Schmitt. Mit sechs Kupferstichen von Catel, sieben Musikbeispielen und Anmerkungen. it 475
– Wilhelm Meisters theatralische Sendung. Mit einem Nachwort von Wilhelm Voßkamp. it 725
– Wilhelm Meisters Wanderjahre oder die Entsagenden. Mit einem Nachwort von Adolf Muschg. it 575
– Xenien. it 875
Der Briefwechsel zwischen Schiller und Goethe. 2 Bde. Herausgegeben von Emil Staiger. Mit Illustrationen. Bildkommentar von Hans-Georg Dewitz. it 250
Johann Wolfgang von Goethe / Friedrich von Schiller: Sämtliche Balladen. Herausgegeben von Karl Eibl. it 1275
Johann Wolfgang von Goethe: Briefwechsel mit Marianne und Jakob Willemer. Herausgegeben von Hans-J. Weitz. it 900
Briefwechsel zwischen Goethe und Zelter 1796-1832. Herausgegeben von Max Hecker. it 950
Jeremias Gotthelf: Die schwarze Spinne. Mit Illustrationen von Renate Sendler-Peters. it 991

161/6/10.90